世界失去秩序，
迎来了混沌时代……

皇印战记

Record of Grancrest War

1

虹之魔女希露卡

[日] 水野良 / 著
[日] 深游 / 绘
山 / 译

CFP 中国电影出版社
2018 · 北京

提欧与希露卡的战斗开始了！

在充满战乱的大陆中，

我与骑士提欧的
圣印缔结契约，
发誓将效忠至永远。

皇印战记

Record of Grancrest War

1

虹之魔女希露卡

[日] 水野良 /著
[日] 深游 /绘
蔚山 /译

CFP 中国电影出版社
2018 · 北京

皇印战记

Record of Grancrest War

1

虹之魔女希露卡

目 CONTENTS 录

大陆中南部

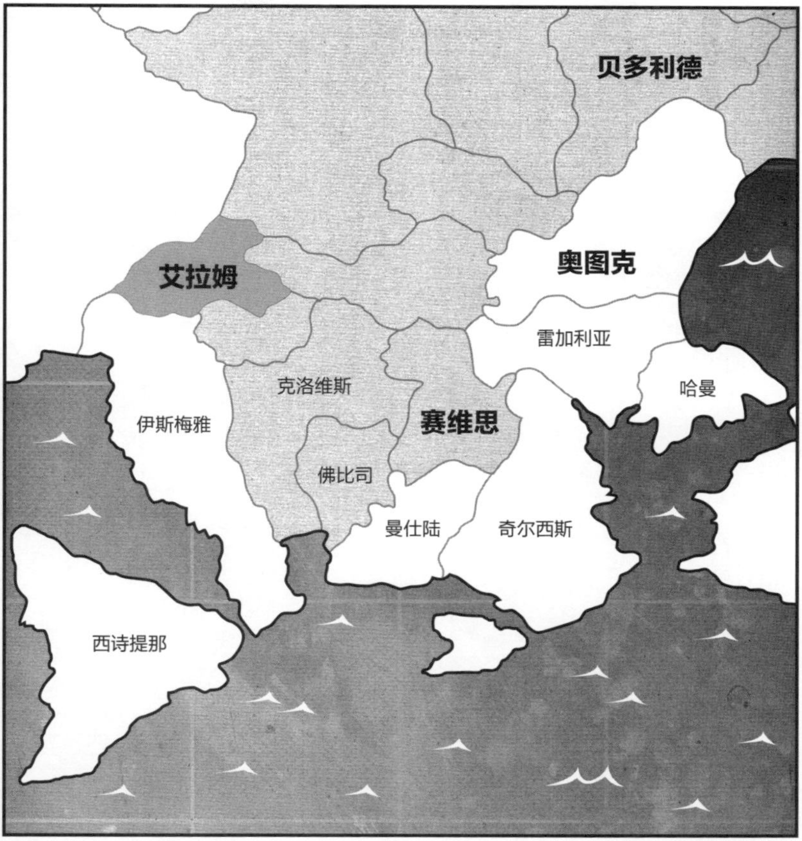

贝多利德
奥图克
艾拉姆
雷加利亚
哈曼
克洛维斯
伊斯梅雅
赛维思
佛比司
曼仕陆
奇尔西斯
西诗提那

地图设计：AFTER GLOW

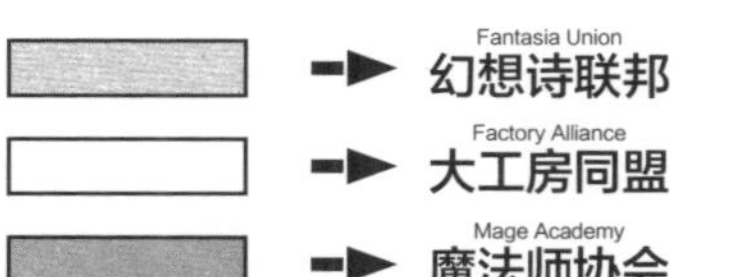

序章

这是一座宏伟的礼堂，庄严浑厚的音乐萦绕其中。

礼堂正面设有略高的讲台，登台所需的阶梯与其连在一起。阶梯与敞开的大门之间，铺着长长的红地毯。

讲台后方的墙壁中央有一个台座，一颗透明的球体嵌在了上面。球体内部流动着交缠的光明与黑暗，它们不断改变彼此的形貌。

球体内部所展现的，正是这个世界的“扭曲”。

这个装置叫作混沌仪（Chaos Glove）。

世界失去秩序后，混沌时代静谧地延续至今，而混沌仪则是这一时代的象征。

两个身穿华服的男子站在混沌仪前方。

其中一人是幻想诗联邦（Fantasia Union）大公——席贝斯托·德赛，另一人则是大工房同盟（Factory Alliance）大公——马帝亚斯·克莱榭。

“居然能在战场之外的地方与你相会，真是想不到啊。”

德赛大公带着恭敬的神情向克莱榭大公搭话。

“原以为身处混沌时代，发生什么事都不足为奇……但这样的发展还真是出乎我的意料……”

克莱榭大公点头道。

联邦和同盟是瓜分大陆的两大势力，直到不久前，还流传着双方将会为争夺霸权而展开大战的言论。

不过，当时紧张的局势突然拐了个大弯，最后发展成眼前的模样……

在演奏的音乐换成庆祝曲目的时候，报时的钟声响了起来。

钟声不仅响彻大礼堂所在的魔法都市艾拉姆，想必也传遍了大陆的每一个角落。

钟声为年轻的新人以及大陆的和平献上祝福……

身穿白色礼服的年轻男女并肩踏入大礼堂。

应邀的宾客献上热烈掌声。

入场的这对新人，男方是席贝斯托的嫡长子阿雷克西斯·德赛，女方是马帝亚斯的长女玛丽娜·克莱榭。在各自父亲的注视之下，两人即将走向混沌仪，宣读结婚誓词。

双方家族已达成共识，若他们能生下继承人，那么就将爵位合而为一。

统合后的爵位足以获得皇印(Grancrest)。

在很久很久以前，某人制定了爵位制度，并希望以此催生出第一位统治大陆的王。

君主(Lord)们持续已久的爵位争夺战终于要画上休止符，大陆即将迈向统一。

众人都期盼大陆统一后能建立起秩序时代，因为传说皇印复活的时候，混沌将消失，而一度失去的秩序将重现于世。

虽然能见证历史性的一刻，但艾拉姆魔法大学“青色召唤魔法系”的学生希露卡·梅连提丝，心中却没有一丝感慨。

她穿着崭新的魔法大学校服，平常只用手指梳理分边的金发被精心盘起，脸上还化了淡妆。

临近系里的毕业考试，老实说希露卡根本不想参加这种乏味的典礼，只想待在研究室练习召唤魔法，但校长塞浦路斯却要她以学生代表的身份出席并致贺词。

为短短几分钟的致辞，得耗上大半天时间。

希露卡强忍着呵欠，在心中祈祷这场典礼快快结束，同时无精打采地朝从身边走过的新人拍手。

就在这个时候……

一股寒意窜过希露卡全身。

“这种感觉”她非常熟悉，但从未感受过如此强烈的。

混沌开始在局部扩张，“某种现象”即将汇聚成形。

在大多数情况下，这代表灾厄即将降临。

（在哪里呢？）

希露卡环视礼堂。

让混沌汇聚起来的“核”一定就在某处。除双眼外，希露卡集中精神，用其他感官开始搜寻。想捕抓到混沌的波动，就必须用上全身的感觉神经。

于是，她比在场所有人都早一步察觉到了“那个东西”。

“不会吧……”

希露卡忍不住轻呼一声。

混沌核就在混沌仪旁的半空中。

黑色球体宛若有形的影子，在空中如化开的墨水般一圈又一圈膨胀。球体正下方，是等待着新郎与新娘登阶的两位大公。混沌仪就在两位大公身后，希露卡此时注意到，封存在里面的光与暗正剧烈地晃动，其程度前所未见。

“到底出现了多大规模的混沌……”

要汇聚起来了吗——感到恐惧的希露卡掀起校服的下摆，抽出藏在身上的魔法杖。

接着，她奔至红毯，张开双臂拦着新郎与新娘。

“恕我无礼，还请两位千万别再向前迈步。”

希露卡行了一礼，向两人说道。

“你是哪位？”

年轻的新郎显得有些困惑。

“发生了什么事？”

新娘则以斥责的口吻询问。

“请容我稍后解释……”

答复两人后，希露卡转身面向讲台。

礼堂内的宾客骚动起来，但她知道现在不是分神的时候。

“得让正在汇聚的混沌散去才行……”

她脑中想的只有这件事。

若是坐视不管，接下来一定会发生严重的灾厄。

“你在做什么？”

“希露卡，快点退下！”

魔法大学的教授逐一向她喊话。

希露卡不予理会，自顾自冲上讲台。

“那边很危险！请两位立刻离开讲台！”

希露卡朝德赛大公和克莱榭大公大喊。

“这人疯了吗？难道不明白这是神圣的典礼吗？”

德赛大公生气地说道。

“来人！把她拿下！”

克莱榭大公环视四周大声喝令。

“我叫你们快点离开啊！”

希露卡想也没想便大骂起来。

（混沌快要汇聚完毕了！）

她伸出魔法杖，指向混沌核的所在位置。

（虽然是第一次处理高浓度混沌，但我会让它消散的！）

怀着坚定的意志，希露卡准备挥下魔法杖。

然而……

“这位小姐，请您住手……”

才听到耳边掠过一道低吟，希露卡就被某人从背后架住了身体。

“呜！”

希露卡呻吟了一声。在对方出手前，她甚至没察觉到有人接近。这时，脊背上传来一阵窜动。

（是邪纹使（Artist）！）

这样的想法在希露卡脑中一闪而过。

所谓邪纹，是指将混沌吸进体内时，混沌烙在身上的图案。身上烙着邪纹的人被称为“邪纹使”，拥有超乎常人的身体能力。虽然教会等组织并不认可邪纹使，指责他们的做法是邪恶的，但仍有不少人需要他们的力量。许多君主雇用邪纹使作为佣兵或密探。

“放开我！这样会来不及阻止的！”

希露卡拼命挣扎，无奈对方把她架得死死的。

“为何会做出这些蛮横之举，我稍后会听您解释，还请您千万别打扰典礼……”

男子在希露卡耳边低语道，然后打算将她拖下台。

“不，不可以……”

希露卡绝望地呻吟道。

混沌眼看就要汇聚完毕，如今已膨胀得任谁都能察觉出来。

黑色烟雾如漩涡般聚集，并且散发出恶臭。诡异的声响凭空传出，不知从何而来的热气蒸得众人流出汗水。

混沌汇聚到这一程度，任谁都无法阻止了。

如今希露卡能做的，就只有祈祷即将出现的混沌不会招来

可怕的灾厄了。

然而……

她的期待落空了。

出现在希露卡眼前的，是最为骇人的灾厄。

黑雾被撕裂，从中出现了一位黑衣少女。少女背上的双翼如蝙蝠的翅膀，手中还握着一柄黑刃巨剑。

“迪亚波罗斯界的恶魔领主……”

希露卡惊愕地呢喃道。

据说眼前的少女曾现身在遥远的过去——混沌浓度远比现在要高的时代，她的身姿被人们以图画的形式记录并流传下来。

让恶魔领主汇聚成形，需要浓度极高的混沌，将其讨伐后获得的爵位，远比斩杀十条普通恶龙得到的高。然而就目前所知的来看，从来没有人成功讨伐这一魔物。

这是希露卡所知最严重的灾厄。

“为何如此惊人的混沌……会在此时、此地……”

为何会在此成形呢——希露卡忍不住自问起来。

确实，希露卡的所在地——魔法都市艾拉姆周边的混沌浓度比其他区域要高一些，但远达不到恶魔领主现身的要求。

然而，这并不是完全不可能的事，因为混沌总在扭曲变异，浓度不停在升降。但即使如此，发生这种现象的概率应该仍无限趋近于零才对。

（有人刻意提升混沌浓度，好让恶魔领主现身？）

希露卡不得不得出这样的结论。

能做出这种事的仅限魔法师——而且还得是实力高超的魔法师。

希露卡五岁就进入魔法学校学习，以优异的成绩一路升学，

但她仍没办法将混沌浓度提升至极限，就算提升至极限也无法驾驭。

“得让恶魔领主消散才行……”

希露卡愣愣地低语。

浓度极高的混沌，理应无法安定地出现在世上。

然而，何时才会消散，据说完全取决于“神所掷出的骰子”。

光是想象一下恶魔领主在消散前造成的灾害，希露卡就感到毛骨悚然。就算魔法都市艾拉姆被夷为平地也没什么好奇怪的。面对混沌，人类就是如此无力。

“那个魔物是怎么回事？是什么时候出现的……”

仍旧抓着希露卡的男子惊讶地说道。

“就是在你抓着我的这段时间里出现的啊！”

“小姐……您该不会是……”

“对啊，我就是打算阻止她现身！”

希露卡生气地说道，随即从不再施力的男子手中挣脱出来。

她回过身，瞪着眼前的男子。

男子身穿礼服，黑色与茶色混在一起的长发在后脑勺绑成了辫子，他应该是侍奉某个君主的随从吧？

“得帮助大公才行……”

男子这才回过神来，准备发动邪纹的力量。

“来不及了……”

希露卡缓缓地摇头。

“恶魔领主已经张开了次元结界。”

利用结界将内外分为两个不同的世界，就算是这样说也不为过。

身在另一侧的两位大公，恐怕再也没有机会回到原本的世界了。

讲台上，德赛大公瞪大眼睛看着突然出现的魔物，仿佛在怀疑自己看错了。

“为何魔物会出现？”

德赛大公在自问的同时，握紧手中的锡杖摆出架势。

“看起来……是敌不过啊。”

克莱榭大公说着准备逃跑，然而才刚后退一步，他的脊背就撞上了一道看不见的墙壁。

“没办法了……”

发现自己无路可逃后，克莱榭大公立刻改变行动方针。他张开右掌向前一伸。

“跪拜在我的圣印(Crest)之下吧！”

在他手掌前方，出现了一圈纯白色的光环。

无数的光线在光环中流动，描绘出复杂的几何图案。

“那就是克莱榭大公的圣印……”

希露卡瞪大了眼睛。

她还是第一次看到图案如此巨大且复杂的圣印。

不过，因为将力量分给了众多从属君主，所以圣印的光芒不如希露卡想象中的耀眼。

“光是这样还不够……”

想镇压恶魔领主强大无比的混沌，需要更强大的秩序之力。

“让我帮你一把吧……”

德赛大公说着将紧握锡杖的右手向前伸，现出了他的圣印。

德赛大公的圣印与克莱榭大公的圣印很相似，也是一个复杂的几何图案。

两个光环合而为一，绽放出强烈的光芒。

环内的图案变得更为复杂。

“那就是……”

希露卡认为那就是传说中的皇印。若真如此，说不定有可能镇压恶魔领主……

然而，她的期待在一瞬间化为泡影。没有一丝惧意的恶魔领主随手挥动带着漆黑利刃的巨剑。

鲜血喷涌而出，两位大公的首级同时被斩下，滚落到讲台上。失去力量的躯体缓缓倒地。

这时，恶魔领主的周边再次扬起黑雾。

黑雾最后化为球状的黑暗，唐突地消失了。

什么都没有留下——恶魔领主与两位大公的尸体一起消失了……

这起事件对世界的局势产造成巨大的冲击。

两位大公的死，代表他们的爵位与所持的强大圣印随之消失，而从属于两位大公的君主则被迫宣布独立。

继任德赛家家主的阿雷克西斯·德赛所继承的领地，就只有父亲生前赐予他的浩尔西亚;玛丽娜·克莱榭也一样，继承的领地仅有贝多利德。不过在两大阵营中，那些有势力的君主推举他俩成为盟主，由他们继续统率联邦与同盟。

两大势力都指责事件是对方谋划的，争执逐渐升温，二分天下的大战终成定数。

原以为可以和平解决，没想到最后大战还是成了现实……

尽管如此，希露卡·梅连提丝认为这场即将到来的大战与自己毫无关系。

恶魔领主仅是杀害了两位大公，魔法都市艾拉姆并未受到波及。希露卡没因自己的行动遭到斥骂，还受到了校长塞浦路斯的当面表扬。

不仅如此，校长还私下询问她毕业后是否愿意留在学校任教，这对她来说正是求之不得的好事。

君主们挑起了爵位争夺战，而希露卡不打算与这些人缔结契约，让自己成为帮凶。

说起来，魔法师协会之所以制定爵位制度，本是为了奖赏平息混沌有功的人。

但是，绝大部分君主早已遗忘自己本该镇压混沌、维护领土安宁、造福百姓的使命，他们被权力的欲望冲昏头脑，争夺彼此的爵位。

（爱怎么打随你们便……）

希露卡是这么想的。

但“神所掷出的骰子”将赐予她一段意想不到的命运……

第一章 契约

1

森林郁郁葱葱，一辆由两匹马拉动的马车正缓缓行驶在横贯其中的小路上。马车上以彩虹为形象的旗帜迎风飘扬。

马车只有一个车夫，乘客也只有一位。

在车厢内随路颠簸的是一个妙龄女子，她穿着可以遮蔽全身的斗篷。此时女子正翘着修长的腿，用右肘抵着窗沿、手掌撑着下颚，以一副不悦的神情眺望窗外流逝的景色。

她就是刚从艾拉姆魔法大学毕业的魔法师——希露卡·梅连提丝。

驾车的男子名为艾维因，在“大礼堂血案”中，就是这位邪纹使架着打算阻止极大级混沌汇聚的希露卡。

事后，艾维因向自己所侍奉的克莱榭家请辞。他留在了艾拉姆，并单方面向希露卡宣示忠诚，自愿当她的侍者。

对打算留在魔法大学的希露卡来说，既没有钱支付侍者的报酬，也没有什么需要侍者帮忙的地方。

但艾维因表示无所谓。

艾维因在艾拉姆随便找了份工作，并不时前往希露卡家，为她洗衣做饭。

希露卡起初感到很困扰，并且谢绝了艾维因，可没多久便乐于安逸，将大小事都交给他去打理——虽然内衣裤还是会自己洗，但这可以说是“最后一道防线”了。

艾维因是在克莱榭大公家担任随从的邪纹使，从这一点就能看出他是个极为优秀的人才。虽然希露卡曾认为，让艾维因帮一介学生打理家务未免大材小用，但她很快就陷入不得不依靠艾维因的状态。

希露卡之所以坐马车远行，是为了和某个君主缔结契约。

她的目的地是奥图克。

希露卡从艾拉姆出发，沿着道路向东前进，如今应该已经接近克洛维斯和赛维思的交界处了吧？

治理奥图克的是维拉尔·康士坦斯伯爵，魔法大学的学生都称他为“好色伯爵”。

这是因为维拉尔只和魔法大学的女学生缔结契约，而且据说还专挑那些姿色出众的女子。不仅如此，一旦缔结契约的女魔法师超过二十五岁，他就会立刻解除契约，并重新物色年轻的女学生。

君主与魔法师之间的契约若没有正当理由，是没办法解除的。虽然做的是些显然不合规矩，不能明着来的事，但康士坦斯伯爵家是统治着奥图克，至今已延续了十代的名门。上一代伯爵打下了南边的雷加利亚，将其纳入领土之中。虽号称伯爵，但据说维拉尔的爵位已达边境伯爵（**注：公爵之下，伯爵之上的爵位**），是幻想诗联邦举足轻重的人物之一。因此，魔法师协会明知不妥也不敢吭声。

奥图克在西、北、东侧与隶属大工房同盟的国家接壤，若战争爆发，想必会成为激战区。

伯爵不顾如此危急的情势，依旧不看能力，以性别、年龄、长相来选择契约魔法师，这让希露卡感到难以置信。让她更绝望的是，自己得和好色伯爵缔结契约。

说起来，希露卡本该进入“紫色创造魔法系”，学习以需要高度纤细的感性著称的创造魔法学才对。

“本该是那样的……”

希露卡忍不住呢喃道。

一切都源于她去拜访塞浦路斯校长，准备呈递“紫色创造魔法系”转系申请书的那一天。

在“事件”的一个月后，也就是十天前……

当时，维拉尔·康士坦斯造访了校长室。

他是来挑选新任契约魔法师的。

几个修完课程，再过不久就要毕业的女学生被叫了过去，在伯爵面前站成一排。她们都是些身材标致的女子，还被迫穿上了款式暴露的衣服——听说那是好色伯爵给契约魔法师穿的法袍。

好色伯爵浅坐在椅上抵着下颚，用鉴赏的眼光打量这群可说是穿着“内衣”的女学生。

（真是可怜……）

希露卡感到一阵反胃，她一边注意不与好色伯爵对上视线，一边走近校长，准备将装有转系申请书的信封递交出去。

然而，也不知是吹了什么风，好色伯爵突然朝她开口搭话。

“慢着！”

听到带着威势的话语，希露卡不禁停下手边动作回望伯爵。

对上视线后，伯爵满足地点了点头。

然后……

“就决定是你了。”

他笑着这么宣布。

“什么？”

希露卡一时之间还无法理解他的意思。

“我将以我的圣印之名，与她缔结契约。塞浦路斯校长，你不会有意见吧？”

听到维拉尔的话，希露卡这才明白发生了什么事，顿时脸色大变。

“请……请等一下！”

校长慌慌张张地从椅子上起身。

“她正准备转入别的学系就读，还请您高抬贵手，从这边的学生中选择对象吧！”校长焦躁地说道。

但只换回维拉尔如此回应：

“‘正准备’？那就代表她还没正式转系吧？”

“呃，这……话是这样说没错……”

“我对她可是印象深刻呢。在大礼堂的事件中，她是唯一一个察觉到混沌在汇聚，并且试图阻止的魔法师啊。就连在场的你和其他来头不小的魔法师协会成员都浑然不觉呢。那起事件的真相迄今仍笼罩在迷雾中，这可让我感到有些可疑啊。”

两位大公在魔法都市艾拉姆的大礼堂被异世界魔物杀害。据说这起前所未闻的事件是不隶属于魔法师协会的暗魔法师所为，但真相仍未查明。

就算真是暗魔法师所为，无法阻止凶案发生，还是让掌管自治都市艾拉姆的魔法师协会丢尽颜面。

许多君主痛斥协会无能。说起来，对于必须遵循魔法师协会制定的规矩一事，君主们积怨已久，所以也有君主趁机高呼解散协会。

“我等君主和你们这些魔法师呢，一直以来都齐心协力平息混沌、治理大陆，我希望这种良好关系能够持续下去……”

面对维拉尔的威胁，塞浦路斯校长不敢回话。

“你不觉得，像她这般实力高强、判断准确、勇于行动而且长相出众的年轻女子，才是适合与我伯爵家缔结契约的人才吗？”

伯爵说着站了起来，然后走到希露卡身旁展露笑颜邀请她握手。

希露卡脑中浮现出许多用来斥骂和污辱伯爵的词汇，准备开口拒绝。

然而，在她行动之前，塞浦路斯校长急切的声音先一步在房间内响起。

“我明白了。以魔法师协会与魔法大学之名，我准许希露卡·梅连提丝与维拉尔·康士坦斯伯爵缔结契约。”

希露卡难以置信地转身看向塞浦路斯校长。

“理解外面的世界，对立志成为优秀魔法师的人来说是绝佳的一课。等你二十五岁再回来也不迟。”

校长脸上满是苦涩，看得出来他希望希露卡为大局着想。

因此，希露卡也不再开口回绝。

想以魔法师的身份活下去，就必须遵守协会的规定。爵位制度由协会亲自制定，目的是为了让人类在混沌时代中生存下去。而拥有圣印、受其庇佑的君主，正是被爵位制度承认的特权阶级。

康士坦斯伯爵只是在行使他的正当权利罢了。

如果希露卡仍是学生，或许就可以推辞掉，但她已修完“青色召唤系”的课程，如今只是正准备转到“紫色创造魔法系”而已。虽然有些不寻常，但协会目前的地位要弱于君主，既然联邦的重要人物康士坦斯伯爵开了口，希露卡明白自己没有拒绝的权力。

因此，尽管百般不愿，但她还是答应了。

希露卡将前往康士坦斯伯爵治理的奥图克，只要向伯爵的圣印宣誓，两人的契约就会成立。随马车摇晃的希露卡，此时的心情就像被押至刑场的死囚……

“希露卡大小姐……”

驾着马车的艾维因没有回头，就这么对她说话。

“怎么了？”

希露卡无精打采地回问。

“我刚刚感觉到有人在森林里穿梭奔跑，总有种不好的预感。”

“我已经持续十天有不好的预感了……”

希露卡大大地叹了口气。

“别管他们直接前进，等出了事再随机应变吧。”

“遵命。”

艾维因点头回应希露卡的指示。

“好了，会发生什么事呢……”

希露卡在马车里抽出魔法杖，轻轻挥了挥确认手感。虽说已答应与康士坦斯伯爵缔结契约，但她想起从那天开始，自己就没再握过魔法杖。

（反正他也不看重我的魔法能力。）

想着想着，她顿时没了施展魔法的心情。

希露卡正穿着维拉尔送给她的那件“法袍”。

说是法袍，其实只是遮挡了胸部和腰部的衣物，和内衣根本没两样。她在外头套了件足以包覆全身的大斗篷，因为听说手套和鞋子可以自备，所以她就选了最长的款式来搭配。

一旦侍奉伯爵家，就非得穿这件法袍不可。

既然早晚要穿，希露卡一收到这件法袍就直接把它穿在身上了。

她还就这样光明正大地穿着这套衣服走在艾拉姆的街道上。她知道自己在自暴自弃，但若不这样强迫自己，她根本没办法穿成那样。

希露卡通过小小的车窗往外看，检查这附近的混沌浓度。

（以乡下来说，这边的浓度还挺高的——不对，应该是那起事件让整个大陆的混沌浓度都提升了吧……）

这代表即使不主动提升混沌浓度，也能使用高阶魔法。

不过，为了避免意外，她一察觉到混沌扭曲点，便会微微挥动魔法杖。扭曲点受法杖的引导聚集起来，在希露卡的身边像烟雾一样飘荡。希露卡将混沌的浓度提升到自己所能控制的极限，如此一来，无论混沌如何汇聚，决定其成像的都不会是“神所掷出的骰子”，而是她的意志。

不过，她还没决定好混沌的成像，因为得先厘清状况才能下决定。接下来一定会出状况——既然艾维因都说自己有不祥的预感，那就代表有事要发生。

艾维因的预感很快就成真了。

道路两侧突然窜出一个约有十人的团伙，挡住了马车的去路。每个人手上都拿着长枪或剑等武器，这群人当中实在不像有君主或魔法师，或许有烙了邪纹的人，但没一个带有强烈的混沌气息。

换言之，就是一群喽啰。

希露卡歪着头，思考他们拦路的目的。

“该怎么办呢？”

艾维因放慢马车的速度并问道。

“不知道他们打算出什么招呢……”

“我想，他们应该是附近领主的手下。恐怕是对希露卡大小姐欲前往奥图克一事感到不愉快吧？”

希露卡乘坐的马车上插着两面旗子，一面是象征魔法师协会的彩虹旗，另一面则绣着康士坦斯伯爵家的独角兽家徽。她的出现想必已经在这条道路上传开了。

“毕竟这一带的君主都隶属于同盟啊。”

在魔法都市艾拉姆的东侧与北侧，大半的领地都加入了大工房同盟，在约百年的岁月中，一直由克莱榭家的人担任盟主。

艾拉姆西侧与南侧的领地则归幻想诗联邦管理。这股为对抗同盟而团结起来的势力，最终由德赛家夺得大权。

贝多利德是克莱榭家现任当家——玛丽娜的领地，但以南的奥图克、雷加利亚，以及位于东南侧的哈曼、奇尔西斯、曼仕陆都不知为何加入了联邦。对同盟来说，这股势力就像一柄抵着自己咽喉的巨大长剑。

大礼堂惨案发生后，局势变得十分紧张，据说奥图克边境一带早已出现零星的纷争。

“若是从伊斯梅雅坐船走海路，应该就不会发生这种事了吧？”

这样一来，就能在联邦的保护伞下一路前行，艾维因在出发之前也这么劝过。

但希露卡拒绝了。

“我讨厌坐船。船不仅晃得厉害，而且会溅我一身水，甚至还会沉没呢。”

希露卡并不会游泳。

“不，我想船是不会那么容易沉的……”

“既然有沉的可能性，那我就不坐。”

伊斯梅雅周边的海域经常会出现混沌漩涡，而且海上魔物也频繁出现。

“但走陆路的话，就会遇到像这样的危机啊！”

“这样的危机总会有办法解决的吧，不是吗？”

“哎，我想方法的确是有……”

艾维因露出苦笑。

“而且，我和康士坦斯伯爵又没正式缔结契约，现在对我出手可是违反协约的啊。”

协约禁止任何人伤害未与领主缔结契约的中立魔法师，若是让魔法师协会得知有人对中立魔法师出手，就会剥夺发出命令的君主的爵位。

剥夺爵位虽然不等于让圣印失去力量，但会从此失去魔法师协会赐予的所有恩惠。不仅与魔法师的契约会被终止，还得让出当前所持有的领地。若是不从，魔法师协会便会派出精兵解决那位君主。

“是不是以为把我们解决掉就能封住我们的嘴呢？”

艾维因轻轻耸了耸肩。

“隶属协会的魔法师，随时随地都能与协会取得联系啊。”

学生在进入魔法大学时所收到的魔法杖就有这样的功能，而且据说协会能掌握每一支魔法杖所在的位置。

若连这一点都不知道，就代表并没有与魔法师商讨过，这想必是愚蠢领主的专断独行。

（听说有不少君主把魔法师当作好用的仆役来使唤，看来是真的呢。）

希露卡叹了口气。

“要向他们说明此事，以便请他们撤离吗？”

“对方摆出来的态度这么强硬，我看不是三言两语就可以打发掉。”

希露卡面露愠色。

“哎呀，您也别这么说……”

艾维因安抚了希露卡两句，然后转回前方。

平时给人一种沉稳印象的他如今猛然一变，全身散发出强烈的混沌气息。

2

“前面的马车，停下来！”

持长枪的男子喊着将枪尖指向马车。

“请问这是怎么了？”

艾维因停下马车，彬彬有礼地问道。

“马车里应该有一个魔法师——一个准备和奥图克伯爵缔结契约的魔法师对吧……”

“我就是啊。”

希露卡说着，自行打开马车的车门走了下来。

“找我有事？”

“我们的领主将于近期与奥图克开战——不，说是已经开打也不为过，我们不能让准备和奥图克伯爵缔结契约的魔法师从这边通过。”

“缔结契约之前的魔法师隶属魔法师协会，若对其进行伤害将会违反协约，各位可知此事？”

艾维因露出诚挚的表情说道。

“既然都准备好缔结契约了，那你们就相当于我们的敌人！”

男子向前一步，语气强硬。

“这样啊……”

艾维因无奈地叹了口气。

希露卡得意地对艾维因笑了笑，然后转向那群男子。

“我这下明白了……”

话一说完，她就解开斗篷的扣带，豪迈地甩落斗篷后，以左手叉腰。

维拉尔送她的暴露法袍就这样展示在众人面前。

看见眼前光景，好几个男人都忍不住吞下唾沫。

“你们想怎么做就怎么做吧。”

希露卡像挑衅一样环视了男子们一圈。

“你挺有胆识的，既然做足了准备，那我们就让你安心上路吧。可要让我们玩得尽兴点啊。”

“哦，这样啊……”

希露卡伸出藏在身后的右手。

她手上拿着魔法杖。

“如果你们办得到的话……”

嘴里嘟囔完，她正想大幅挥动手中的魔法杖。

就在这个时候……

“慢着！”

身后传来一声大喊。

紧接而来的是马蹄声。

希露卡下意识地停下了动作，回头往声音传来的方向看去。

一个骑着杂毛白马的年轻人正全速疾驰而来。

“他是君主？”

希露卡惊讶地呢喃道。

“我想您说得没错。虽然不强，但我能感受到圣印的力量。”

“我可是没感受到……”

虽然希露卡擅长感应与控制混沌，但或许是因为厌恶君主，她并不擅长感应圣印的力量。

“因为真的仅有一点点而已……”

艾维因似乎打算安慰她。

“也就是说，他的圣印并不是什么上等货色了？”

“理应如此。”

“看来他不是流浪君主，就是附近一带的小领主啊。但不管他是什么人，总之事情似乎变得更复杂了。”

虽然希露卡打算撂倒所有人以发泄怨气，但这想法或许要落空了。

“真没办法，先观察一下吧……”

埋伏着等待希露卡两人的士兵，似乎同样对突然现身的年轻人感到一头雾水。

过了一会儿，年轻人骑马来到马车前方，随即下到地上。

“你没受伤吧？”

年轻人向希露卡问道。

“是的，如你所见……”

希露卡张开手臂让年轻人检查。

“魔法杖，你是魔法师？”

“没错。”

希露卡点点头。

看了希露卡全身一眼，年轻人立刻就移开视线。

“你的……品位还真是特别。”

然后，他谨慎而客气地这么说道。

“这，这是有原因的！”

希露卡的脸红了起来——早知道就不把斗篷脱掉了。

“这衣服的品位确实是糟了一些，但不是我挑的！”

“嗯，没关系的，品位独到也是好事……”

年轻人完全没把希露卡的辩解听进去。

“在路上走着的时候，本地的居民劝我折返，说是前面有纷争。我打听后才知道这里的领主打算埋伏起来，袭击隶属联邦的魔法师……”

“我可还没和联邦的君主缔结契约！”

希露卡皱着眉头说道。

“我想也是，因为听说你的马车上还插着魔法师协会的旗子……”

说到这里，年轻人转身看向那些埋伏在此的士兵。

“你们是谁的部下？”

“这事与你无关！”

持长枪的男子吆喝道。

“的确与我无关。但看到有人打算在光天化日之下袭击无辜之人，我就不能坐视不管——以我这圣印起誓！”

年轻人宛如舞台上的演员，他用夸张的语气说道，并举起右手将手背迎向男子们。

这时，一个小小的光环出现在半空中，数道光芒描绘出简单的图案。

“是圣印……”

希露卡走到正前方，打量着年轻人手上的圣印。

不管怎么看，这圣印的力量都没什么大不了。

但再怎么弱，这都是货真价实的圣印，不仅有着平息混沌的力量，还能授予庇佑和祝福。只要拥有圣印，就代表他是一位君主。

“你是联邦的君主吗？”

持枪男子看到圣印后虽然显得有些畏缩，但还是向年轻人发问。

“我既不属于联邦，也未加入同盟。”

年轻人答得光明磊落，但这也代表他毫无靠山。

“队长，该怎么办？”

一个士兵以冷淡的表情询问持长枪男子的意见。

士兵们的武器都是粗制滥造的长剑。

“我们有十个人，他们才三个人啊……”

“可他们有君主也有魔法师……”

“听说君主或魔法师都是能以一挡百的强者啊！”

另一个士兵也发话了。

“有那种实力的君主和魔法师根本没几个！这些家伙只是普通的年轻人、小丫头、随从而已啊！”

队长大声斥责部下。

“领主大人承诺，要是能在此立功，他就会授予我圣印！我总算有机会成为君主、获得领地了！只要在即将到来的大战中再立下战功，离成为一国领主的梦想也不远了……”

“袭击无辜之人，然后拿这功劳去换取圣印？圣印是用来保护人民不受混沌侵害的东西！要是让你这种没有大志的人拿到，不过是徒增一场场无意义的战争罢了！”

年轻人听着听着，忍不住对这群男人破口大骂，并拔出腰间长剑。

“哦……”

希露卡轻轻哼了一声，重新打量这位年轻人。

他说话的语气有些做作，主张也略显天真幼稚，但这才是君主该有的样子。

从混沌中守护世界，拯救世人。

过去的魔法师正是因此才与君主订约，倾注心力予以辅佐。

然而，现在的君主都忘了这一使命。他们的双眼被名誉与权力蒙蔽，为争夺土地和财富相互厮杀。正是不屑侍奉这种君主，希露卡才打算继续留在大学。

年轻人的身高并不出众，体格普普通通，武器和盔甲都是便宜货。近距离观察他骑来的白马，可以看出是一匹上了年纪的老马，而且毛色看起来不太健康。不过，年轻人或许有着对一位君主来说最最重要的才能——希露卡这么心想。

“退下吧！再不退下，就别怪我动粗了！”

年轻人挥剑划过半空，似乎打算吓唬那些士兵。

“死小鬼，你说什么？”

这样做好像带来了反效果，男人们的怒火被点燃了。

“希露卡大小姐……”

艾维因轻声向希露卡搭话。

“出现危险的时候才去救人，在此之前先别插手。”

“这样真的好吗？”

“嗯……”

希露卡缓缓地点头。

“我想看一下他有多少能耐。”

然后，她把目光转向年轻人。

艾维因则挺直背脊，站在希露卡身旁。

就算是这样站着，他也有把握能在出状况的时候立刻采取行动。

事实上，艾维因若拿出真本事，眨眼间便能击毙区区十个士兵——他正是刚才士兵们提到的“根本没几个的强者”之一，只不过他不是君主或魔法师，而是邪纹使……

年轻人持剑摆出架势，圣印再次浮现在半空中。

圣印的光芒灌注到年轻人的长剑中。将圣印的力量注入武器，武器就能显现出名为“天惠（Gift）”的圣印之力。

年轻人手中的长剑发出纯白的光辉。

圣印再次散发光芒，这次光芒注入了年轻人的胸膛——他以此强化身体能力。

接着，年轻人毫不犹豫率先发起攻击。

他朝士兵们直扑了过去，长剑一闪……

队长所持的长枪，枪头被一剑削了下来。

“混账！”

队长涨红了脸，扔下长枪拔出剑。

在这期间，年轻人又劈断了两位士兵的剑。

粗制滥造的武器当然承受不住圣印的力量。

看来年轻人的目的是摧毁士兵们的武器。

“哦……”

希露卡又哼了一声。

年轻人虽骁勇善战，但对手人多势众，他很快就被包围了。

有两个士兵绕到年轻人背后，趁隙挥出手中长剑。

在攻击即将命中的时候，年轻人察觉到对方的偷袭。他转过身去，用左手的盾牌挡下其中一把剑，另一把剑则用戴着护手的右手进行格挡。

然而击中护手的刀锋滑了一下，在年轻人的右手臂上划出一道伤口。

年轻人咬牙忍着痛楚，挥动盾牌砸向其中一个士兵的头部，然后用长剑剑柄向另一位士兵的下巴发起猛击。

遭受重击的两个士兵当场翻起白眼昏了过去。

见状，其他士兵明显萌生退意。

接着……剑被摧毁的士兵抛下武器，开始逃走。

队长大声怒斥，要求士兵们停下来，但没人听从命令。满脸通红的他瞪着眼前的年轻人。

“你最好记住和领主大人作对会有什么下场。这一带的领主都会出兵对付你！”

撂下狠话后，队长让留下来的部下背起倒地的士兵，朝森林小径撤退了。

“你觉得如何？”

希露卡细声询问艾维因的意见。

“就算想要恭维，但他的剑术也称不上高明啊。不过资质还可以，努力锻炼的话想必能达到一个不错的水平。”

“这样啊……”

希露卡面露喜悦的笑容。

“但对一个君主来说，最重要的不是耍刀弄剑的本事。现在的他恰恰拥有了我认为最重要的那一点。”

“希露卡大小姐，您有何打算？”

艾维因皱起眉头问道。

“就和你现在想的一样啊。”

“可以的话，我希望您能打消这个念头……”

“嗯，我懂你的一片好意，但我已经决定了。”

希露卡以下定决心的神情说完这句话，然后迈步走向气喘吁吁的年轻人。

3

“你的伤势如何？”

希露卡向年轻人搭话。

“啊啊，没什么大不了的……”

年轻人看了一眼右手的伤，然后摇摇头。

“你能自己治疗吗？”

“不行，我的圣印并没有那种能力。”

“那就让我来吧……”

希露卡取出魔法杖，轻轻地挥了一下。

“伤病为终将痊愈之物。血液将凝固、损毁的组织亦会再生……”

在吟唱咒文的同时，她在脑海中描绘出年轻人伤势痊愈的光景。

黑雾般的物质在魔法杖前端旋转着聚集起来。

“治愈他吧！”

希露卡挥动魔法杖，将前端轻轻敲在年轻人的伤口上。

“好痛！”

年轻人慌张地抽回手臂。

“已经没事了。”

希露卡对年轻人点头说道。

年轻人看向自己的伤口——裂开的衣袖染上了血迹，但被长剑砍出的伤口已不留痕迹地痊愈了。

“这就是魔法吗……原来如此，难怪只要是君主，任谁都会想和魔法师缔结契约。”

“你没见过魔法师吗？”

“遇到过，但没见过他们施法。”

“这是生命类魔法。利用混沌变调（Arrange）人体的自然恢复力，赋予受术者超自然的恢复力。”

“混沌？”

年轻人露出明显的厌恶之情。

“我身上应该不会留下诡异的纹样吧？”

“请放心，由魔法汇聚起来的混沌很快就会消散。只有将混沌核吸入体内，才会在身体表面留下邪纹，就像那边那位邪纹使一样。”

希露卡说着把头转向面无表情站在一旁的艾维因。

年轻人随着视线看了过去。

艾维因十分干练地对他行了一礼。

“哦，他果然是邪纹使啊……”

年轻人在回礼的同时呢喃道。

“话说回来！”

年轻人再次将目光投向希露卡，他清了清嗓子说道：

“你应该有话要对我说吧？”

“你是指‘承蒙您在危险之际出手相救’之类的话吗？”

“普通人都会这样说的。”

希露卡的回应让年轻人烦躁地挑了挑眉头。

“我虽然是个平凡至极的普通人，但可没有向你道谢的打算。因为我既没有遇到危险，也不需要你救我。”

“你的意思是，我在多管闲事？”

年轻人这下子动了气。

“没错。”

希露卡认真地点头。

“不过，你的行动非常了不起，很有秩序守护者，也就是君主的风范……”

希露卡说着走到年轻人身前，把脸凑了上去。

两人的鼻子与额头都相当接近，就连嘴唇也似乎要贴在一起。

“你的名字是？”

“在……在问别人姓名之前，应先……”

年轻人微微后倾上半身，往后退了几步并出口指责。

“我叫希露卡·梅连堤丝，是刚从艾拉姆魔法大学毕业的魔法师。”

“马车上的纹章，是奥图克康士坦斯伯爵家的家徽吧？所以你是……”

“没错，我为了和伯爵缔结契约，正准备前往他的领地。因此，契约目前还没完成。”

希露卡不悦地把头撇到一边。

“好了，我可是自报名号了啊。”

“啊，抱歉。我叫提欧，是一名骑士……虽然很想这样说，但其实只是个骑士随从而已。”

“可以再让我看一次你的圣印吗？”

希露卡说着牵起年轻人的手，开始端详他的手背。

“这没什么大不了的。”

提欧似乎不太情愿，打算把手抽回去。

“让我看看啊。”

希露卡蛮横地再次把提欧的手拉了过来，并抬起视线看着他的眼睛。

“好吧……”

提欧不高兴地点点头，接着板起了脸。

他的手背绽放出光芒，刚刚才看过的圣印随之浮现。

希露卡伸出手指，顺着圣印的纹样描绘。

“原来如此，是骑士随从等级的……这样的爵位不仅没有统治村庄的权利，甚至没办法和魔法师缔结契约。”

“那还真是对不起啊……”

提欧不悦地说道。

“不，你不需要道歉。你的圣印并不从属于其他圣印，你是从谁的手上得到它的？”

“这个啊，是我在故乡击退出现在村子近郊的魔物时亲手做的。”

“你将混沌核化为圣印了？”

希露卡大吃一惊。

一般来说，要成为君主，多半是通过主人授予自己圣印的形式。以这种形式获得的圣印，会从属在主人的圣印之下。身为主人的君主，可以取回从属君主的圣印。

君主之间的主从关系，都是通过圣印的授予成立的。

此外，圣印也可以合并在一起。在君主之间的战斗中，胜利的一方夺走并吸收落败方的圣印，是很常见的事。

也有落败方以自己的圣印为代价，乞求对方饶自己一命的例子。有时候落败者还会向胜利者效忠，并从胜利者手中获得

从属的圣印。

圣印就是这样不断“茁壮成长”的。

圣印多半会以世袭的形式传承下去，因为君主们都希望能将得来不易的特权传给子孙。

过去，圣印的力量几乎集中在两位大公手中，若他们的继承人能合并两位大公的圣印，想必就能创造出皇印。

但大礼堂惨案过后，期待化为泡影。与此同时，希露卡开始产生疑问，在战斗中整合、在世袭中传承，由此得到的圣印是否真的拥有终结混沌时代的力量？

想成为君主，其实还有另外一条途径，那就是平息混沌，并将混沌核制成圣印。

不过，这并不是所有人都能做到的。只有意志坚强的人，才能让混沌核转化为圣印。所谓的君主，原本是指拥有坚强意志，能平息混沌，并将其制成秩序结晶，也就是圣印的人。

希露卡直盯着提欧看。

“你，你为什么这样看我？是怀疑我在说谎吗？”

提欧不满地说道。

“不……”

希露卡静静地摇了摇头。

“你想用这圣印打造出一个怎样的世界？”

“世界？我才没有这么大的梦想。不过，我的故乡混沌浓度高得吓人，经常有魔物出没，也不时发生灾厄，得有个人统治才行。”

“你的故乡在哪里？”

“在西诗提那西部，是一个小村庄。”

“原来如此……”

自艾拉姆往南走，来到相邻的伊斯梅雅后，跨过一道海峡，就能抵达西诗提那岛。

如提欧所言，整座岛的混沌浓度相当高，据说魔物和灾厄源源不断。

目前，统治西诗提那的是隶属幻想诗联邦的罗锡尼子爵。据说子爵仅在混沌浓度相对较低的首都拉克西亚及周边地区展开治理，对其他地区则弃之不顾。然而，听说他会定时派兵前往那些地区收税。

“等取得能成为骑士的爵位，我就打算回老家做领主。我想用圣印的力量平息混沌、打倒魔物，并阻挡灾厄。”

“真是了不起的志气，不过，整座西诗提那岛都归罗锡尼子爵所有，所以你老家应该也有所谓的‘挂名领主’才对。挂名的可能是子爵本人，也可能是麾下的君主……”

“咦？”

这样的事实似乎让提欧吓了一跳。

“这样说来，即使我成了骑士……”

“是啊，你也当不上你老家的领主。”

“怎么会……”

提欧说不出话来。

“不然的话，你也可以考虑投奔罗锡尼子爵，成为他麾下的领主……”

“那家伙才不会要我，而且我也不想侍奉那种人。”

提欧唾弃道。

“这样啊……”

希露卡点了点头，似乎很是满意。

“那么，你就只能夺走罗锡尼子爵的爵位，自己当上西诗

提那的领主了。”

“我只是一介骑士随从，哪做得到这种事啊。”

“不然你打算放弃梦想吗？你就只有这么一点志气吗？”

希露卡盯着提欧不放。

“当……当然不是了！”

提欧用力摇了摇头。

“很快就要爆发大战了，这么一来，我也许会有出头的机会。只要我不断磨炼自己，获得足够的爵位……”

“你是认真的吗？”

“是啊，当然，就算花上几十年，我也要这样做……”

“这样啊……”

希露卡露出微笑。

“那么，就由我来帮你吧。”

“你，帮我？”

提欧用力皱起了眉头。

“可我的爵位甚至不能与魔法师缔结契约，而且你不是正要和奥图克伯爵缔结契约吗？”

“我说过了，契约还没有成立啊！至于你目前爵位不足的问题……”

希露卡不再说话，高高举起双手。

她的右手握着魔法杖。

“此世盈满混沌。秩序已毁，自然律紊乱，各种异象接连发生。异象之一，便是栖于异界的魔物来到此世。本应无从交会的异界，其境界线扭曲变异，在此世烙下其影……”

希露卡的声音充满高低起伏，她一边吟唱一边挥舞手中的魔法杖。她的动作时而有力，时而轻柔。

在挥动魔法杖的同时，她的眼前浮现出一个小小的黑色球体。黑雾在黑球周边飘浮，卷着漩涡被吸了进去。

希露卡在脑中描绘出某只魔物的模样，向混沌施以变调。

然后……

“汇聚吧！塔尔达罗斯界的俄耳托斯！”

希露卡奋力挥动魔法杖，然后猛然收势。

在那一瞬间，黑色球体像泡泡一样破裂——与此同时，一头有着黑色毛皮的双头魔犬从中现身。虽说是“犬”，但体型不亚于牛。

这是栖息在塔尔达罗斯界的魔物，名为俄耳托斯。

“哎呀呀，居然有混沌的魔物在这里出现……”

希露卡说起话来就像在念台词一样，而且还装出一副很惊讶的样子。

“这个……是你召唤出来的吧？”

提欧冷冷地瞪了她一眼。

“都是些微不足道的细节……”

希露卡冷静地回答道。

“要紧的是，如果就这样放着不管，可是会带来危险的啊。”

“难道它不会听你的命令吗？”

提欧慌慌张张地询问，但希露卡只是无言地耸了耸肩。

“喂，喂！”

提欧连忙拔剑出鞘，与双头魔犬对峙。

圣印在半空中绽放光芒，然后被提欧的剑与胸口吸收。

“如果是你，一定能办得到。打倒俄耳托斯，让你的圣印吸收它的混沌核吧。如此一来，你的爵位一定可以跃升到等同于骑士的阶级。”

希露卡在胸前合起双手，露出看似无辜的神情——这是她在市场砍价时学会的伎俩。

“如果我死了，一定会找你报复！”

提欧大声喊道，接着便和俄耳托斯展开战斗。

“他还真上了……”

希露卡先是一惊，随即欣喜地眯起眼睛。

“这才像话啊。”

提欧持盾护身，直直冲向俄耳托斯。

巨大的双头魔犬先是压低身子，随即蹬腿高高跃起。

它自提欧头上发起袭击。

提欧将盾牌高举过头，接着往地上一滚，从俄耳托斯下方钻了过去。在起身的同时，他回头挥出一剑。

落到地面的俄耳托斯正好在这时候把身体转向提欧。

魔犬有两颗头，其中一颗被提欧的长剑撕裂了——刀刃自耳下穿入，摧毁两颗眼球后，从另一侧的耳朵穿出。若是普通的狗，恐怕光凭这一击就要丢掉生命。

然而，虽然第二颗头发出痛苦的吼叫，但俄耳托斯并未倒下。它后退了好几步，似乎开始观察眼前的敌人。

提欧的攻势没有停歇。

他紧握盾牌，以灵巧的步法快速移动，出剑刺向两颗头之间的地方，打算一击刺穿目标。

俄耳托斯用眼睛没被长剑刺伤的那颗头的嘴巴咬住剑刃。

它咬到长剑后便不再松口，打算就这样将其咬碎。以这头异界魔犬的惊人咬合力，也许真的能够做到。

然而，提欧再次用圣印强化剑身。

口腔被撕裂，满嘴都是血沫，但俄耳托斯仍旧咬着长剑不放。它甩起脖子，看起来似乎打算从提欧手中抢走长剑。

提欧在这时抛下盾牌，用双手握着剑柄，接下来就是纯粹比力气了。

但在下一秒钟，俄耳托斯失去眼睛的那颗头张开了大嘴，然后吐出火焰。

魔犬的火焰似乎相当炙热，提欧的衣角开始燃烧。

希露卡见状脸色大变，准备挥动手中的魔法杖。

她打算操控俄耳托斯，让它停止攻击提欧。

然而……

“喔喔喔！”

提欧发出惊人的吼声，他不管自己的衣服烧了起来，就这样往旁用力一扑。

俄耳托斯禁不住这股力道，随即松开了牙齿。

提欧滚落在地，俄耳托斯打算压上去，用利齿咬破他的喉咙。

然而，提欧在魔犬扑到自己身上之前刺出了长剑。

长剑刺进魔犬的胸部，而飞扑的力道与体重更是让长剑一下子就刺入了深处。

魔犬竭尽力气，打算张嘴咬向提欧，但终究无力地瘫倒在地。俄耳托斯抽搐了好几下，最后一动不动。

魔犬的尸体像是要蒸发一样冒出黑烟，还发出了“咻咻”的声响。

提欧在地上滚了几圈，确定身上的火被扑灭后，才拄着剑站了起来。

他看起来真的是累垮了，在调整好呼吸之前似乎都说不出话。

提欧向希露卡投去怨恨的视线。

“真是了不起……”

希露卡收起魔法杖，拍手祝贺。

“我，我以为……自己真的要死了……”

提欧喘着气说道。

“这也太过分了，居然让我对付召唤出来的魔物……”

“再不快点动手，混沌核就要消散了。”

俄耳托斯的尸体被黑暗包围，化作一个大球。

那正是混沌核。

混沌核散发出黑色的蒸汽，似乎过不了多久就要消散。

“真受不了……”

提欧深深地叹了口气，伸出右臂探入黑球中。

“呜！”

咬紧牙关的他苦痛地哼了一声。

过没多久，黑色球体开始缩小，最后发出目眩的光芒。光芒褪去后，混沌核便完全消失了。

提欧的右手背上浮现了发光的图案。

希露卡凑了过去，并用手指描绘纹路。眼前的图案与刚才相比多了一些线条，形状也更复杂了一些。

“恭喜，你的圣印已经成为可以授勋为骑士的等级了，以你现在的爵位，刚好可以和一位魔法师缔结契约。”

“我可以找你以外的人吗？”

提欧不悦地说道。

“咦，您说什么？您说我已经有了缔结契约的对象……您还说您是个后生小辈，理应与别的魔法师缔结契约……”

“我不是说了吗，我能不能找你以外的人缔结契约啊？”

“什么？您说尽管如此，还是想要和我缔结契约？虽说您在我危急之际出手相助，是我的救命恩人，但这还是有点……”

“你刚才不是说自己一点也不危险，而且不需要我救吗？”

“啊……这位大人真是任性蛮横啊，居然硬要我和您的圣印缔结契约……”

希露卡像是在念课文一样说着，然后硬是抓起提欧的右手，靠向自己的胸口。

她看着提欧的眼睛继续说道：

“本人希露卡·梅连提丝与骑士提欧的圣印缔结契约，发誓将效忠至永远。”

希露卡就这样握着提欧的右手，向他恭敬地行了一礼。

“任性蛮横的应该是你吧？”

提欧深深地叹了口气。

“请把这当成命运乖乖接受吧。”

希露卡诚恳地说道。

“唉，算了，反正我也没有契约魔法师的人选。听说魔法师协会也不会为我这种流浪君主做介绍……”

“不是这样的，魔法师协会是中立的，对所有君主都一视同仁。”

希露卡说这句话时语气十分呆板。

“那么，我们出发吧。”

希露卡转换语气说道，并挽着提欧的臂膀。

“要去哪里啊？”

提欧像是死了心一样，无奈地发问。

“当然是去刚才派兵攻击我们的领主那里了。”

“去了又能怎样，抗议他违反协约吗？”

“并非如此……”

希露卡笑着说：

“我们是去宣战的。”

4

“你说失败了？那你还有脸回来见我？”

在克洛维斯东部边境统治着三个村庄的君主——骑士梅司特·米德里克，此时正在城堡内向回来报告的士兵大发雷霆。

“真，真的是非常抱歉……”

队长垂着头回应。

“在我们准备向魔法师出手的时候，突然杀出一个流浪君主。那个君主强得可怕，我们完全拿他没办法……”

“流浪的君主？是谁啊？”

“属下不清楚……”

队长摇头说道。

“梅司特大人，您说要对魔法师出手，这是怎么一回事？”

随侍在旁的老魔法师露出不安的神情。

老魔法师的名字是萨图尔斯，从上一任家主开始侍奉米德里克家。

“我们收到消息，说是一个准备与奥图克伯爵缔结契约的魔法师要经过我们的领地，于是梅司特大人便下令要我们收拾那个魔法师……”

虽然梅司特臭着脸没回应，但跪在地上的队长回答了萨图尔斯的问题。

“太乱来了！”

听到队长的说明，萨图尔斯脸色大变。

“袭击未缔结契约的魔法师，可是严重违反协定的行为！要是魔法师协会接受投诉，您的爵位是会被剥夺的！”

“被剥夺的是爵位，又不是圣印，我们君主为什么要顾虑魔法师协会的规矩？”

梅司特不悦地答道。

“这是自古传承下来的……”

“既然是古代的规矩，那改一改不就好了？说起来，大战之所以即将爆发，还不都是因为两位大公死在了魔法都市艾拉姆吗？魔法师协会应负全责，更应该解散下台——嗯，还是说，该拿贤人委员会所有成员的命来赔呢？”

“您怎可如此失言……”

“失言？哪里失言了？魔法师只要听从君主的命令行事就好。力量就是正义，力量就是法律——你可别忘了，就是因为有我们这些受圣印庇护的人在，混沌才得以平息。”

激动起来的梅司特瞪着老魔法师。

“总之，我先去请示克洛维斯的盟主——雪克斯子爵的意见吧。若您不从盟主的意思……”

雪克斯子爵是克洛维斯地位最高的君主，也被称为克洛维斯王。不过，在他的领土内，有许多像梅司特这样的独立君主，东边的赛维思和南边的佛比司情况也差不多。这些地区的君主虽然都加入了大工房同盟，但过去几百年来相邻的势力之间纷争不断。

这片地区以东，有着幻想诗联邦的强大君主——康士坦斯伯爵所治理的奥图克和雷加利亚，而奇尔西斯、哈曼、曼仕陆也隶属联邦。在隔了一片海域的对岸，有一片小大陆——达塔

尼亚，虽然自称独立势力，但其实是联邦扶植起来的。克洛维斯的西边还有联邦的大国伊斯梅雅，而南方的西诗提那岛也隶属于联邦。因此，联邦在什么时候举兵入侵克洛维斯都不奇怪。

另一方面，同盟盟主玛丽娜·克莱榭号召盟友攻打与贝多利德接壤的奥图克。

在一触即发的局势下，梅司特竟然还敢触犯协约，与魔法师协会作对。萨图尔斯对这位米德里克家的当家感到一阵绝望。

上一代当家虽然也是个贪婪的人，但绝非昏庸之辈。擅长战争，精于交涉的上一代当家成为治理三个村庄的领主，并守住了领地。

然而，梅司特遗传到的就只有上一代领主的贪婪，一路指导他至今的萨图尔斯对这一点再清楚不过。

虽然萨图尔斯感觉到自己也有责任，但梅司特却处处顶撞他的谏言，所以对此也是无可奈何。不仅如此，捅了娄子后，梅司特还经常命令萨图尔斯收拾善后。

事实上，萨图尔斯已经受不了这个主子了，他打算以届龄为由辞退职务。

“等真的出问题再询问克洛维斯王的意见也不迟，反正魔法师协会的正式通告还没下来。”

梅司特说着，像是对自己的主意很满意一样点了点头。

“这只是拖着问题不解决而已啊。”

“在这段期间内总会有转机吧？”

“我认为事态只会不断恶化……”

“你该不会不知道自己的主子是谁吧？听我命令去做就对了。可别忘了，在父亲去世的时候，愿意继续任用你这个老头的可是我啊。”

“遵命……”

虽然萨图尔斯恭敬地行了一礼，但双眼却闪过一丝锐利的目光。

这时，看守城门的卫兵冲了进来。

“怎么了？”

梅司特趁机发泄满肚子的不满，他怒瞪那位卫兵。

“报……报告，一位自称提欧的君主要求我们交出圣印与城堡……”

“什……什么？”

梅司特脸色一变。

“他说若是不从，就要对我们行使武力……”

“这不就等于宣战吗？他是哪里的君主，带了多少人？”

“对方有三人，分别是一个年轻的君主，一个年轻的魔法师，以及一个看似侍从的男子。”

“才三个人？哈！哈哈哈……”

梅司特手抵脸颊，大声地笑了出来。

“还真是被看扁了啊！他们以为仅凭三个人就能打下这座城堡吗？”

“……三个人就很足够了啊。”

突然传来一道女子的说话声，萨图尔斯转头看去。

男女三人站在大厅入口处。

“你是谁？”

萨图尔斯向年轻的女魔法师问道。

“在下是与这位提欧大人缔结契约的魔法师，名为希露卡·梅连提丝。”

年轻的女魔法师瞥了一眼看似君主的年轻人，如此说道。

“……嗯，我听过你的名字，听说你是在魔法大学表现极为优异的女学生。我还听说你已修完五个学系的课程，是‘虹之魔法师’的既定人选……”

萨图尔斯打量着这位自称希露卡的少女。

“遗憾的是，‘六色’之后我就毕业了，原本还打算修完‘紫色’的课程……”

“你……你们在搞什么？队长！萨图尔斯！快收拾掉这些家伙！”

“我，我对付不了他们！”

队长慌张地摇了摇头，随即拔腿全力逃了出去。

“喂！回来！”

梅司特大声叫唤，但队长没停下脚步。

“你就是准备和奥图克伯爵缔结契约的魔法师吗？”

萨图尔斯没理会主子的命令，继续和希露卡交谈。

“是的……”

希露卡轻轻敞开斗篷。

“原来如此，这的确是那个伯爵的喜好。”

萨图尔斯苦笑道。

“不过，我已和这位君主完成契约了。我被士兵埋伏，在千钧一发之际受他所救……”

“什么？这样做没问题吗？”

萨图尔斯大吃一惊。

若单方面放弃已经承诺的契约，得有冠冕堂皇的理由才行。

“因为，这就是我的命运……”

希露卡对老魔法师深深一鞠躬。

这代表她不希望老魔法师追问下去。

“真是残酷的命运啊。”

在她身旁的提欧轻声嘟囔，但希露卡装作没听见。

“萨图尔斯！我以圣印的权限命令你！给我赶快把这些家伙……”

领主唾沫横飞地朝老魔法师怒吼。

“住口……”

老魔法师转身看向领主，以低沉的语气说道：

“你已违反协约，因此你被剥夺所有爵位。你不再是这片土地的领主，和我的契约也就此失效。我现在是隶属于魔法师协会的魔法师，同时肩负制裁违反协约之人的义务。”

“你……你说什么？”

领主显得有些惊慌失措。

“就算是雪克斯子爵，恐怕也没办法袒护你这个违背协约的罪人。这都是你的愚蠢所招致的结果。立刻交出你的圣印，然后滚出这片土地吧！”

“我……我不要！这里是我的领地，是我从父亲那儿连着圣印一起继承的……”

“我等魔法师仅遵从爵位制度，领地亦然。没有爵位却手持圣印的人，就是与协会为敌的人。你这种人是无力反抗的！”

“可，可恶！”

眼见走投无路，自暴自弃的领主在这时候拔出了剑。

“都是你闯入我领地的错！都是你不对！”

如此大喊的梅司特挥剑朝希露卡斩去。

希露卡只是盯着他手中的剑看，并未移动一步。

提欧半拔出剑，为希露卡挡下这一击，然后深深叹了口气。

“谢谢您。”

希露卡向提欧行了一礼。

“以后自己保护自己啊，你应该有这样的身手吧？”

“或许吧……”

希露卡垂首说道。

就在这时，艾维因已经绕到领主身后，用手中短剑架着他的脖子。

“要圣印还是要命？”

希露卡冷冷地问道。

“请……请饶了我的命……”

领主抛下手中的剑，出言乞命。

“那就把你的圣印献给我的君主吧！”

领主重重地垂下脖颈，颤抖地提起右手。

圣印随即在他的手背上浮现。

“吾名梅司特·米德里克，在此宣誓将吾之圣印奉献给汝。”

梅司特流着眼泪说完了誓言。

“吾名提欧，汝之圣印将由吾之圣印吸纳合一……”

提欧将右手背的圣印浮现出来，让两枚圣印交互重叠。

纯白的光芒强烈地闪了数次……

提欧直盯着自己的右手。

圣印的形状开始改变，线条增加，图案也变得更加复杂。

希露卡碰触圣印，检查其成长。

“离男爵还有好一段距离呢……”

希露卡低声呢喃道。

根据力量的强弱，可以看出圣印目前所处的爵位，而男爵则是比骑士高一级的爵位。

“我，我的圣印……”

看着圣印从自己的手背褪去，梅司特不禁哭喊出声，接着便跑出了大厅。

“总觉得有些可怜啊……”

提欧看着他的背影在嘟囔。

“可怜的是那些被愚蠢领主统治的民众啊。就算提欧大人不出手，他的圣印总有一天也会被人夺走。”

希露卡冷冷地说道。

“话说回来，继承这枚圣印后，提欧大人也会得到那位君主的领地。不过，不知道周边的领主认不认同这件事……”

“我去和克洛维斯王——雪克斯子爵那边谈判吧。当然，这也得要眼前这位君主愿意和我这老头子缔结契约才行……”

“像您这种经验丰富、行事遵循常理的魔法师，我当然是热烈欢迎了。”

提欧笑着说完后，偷偷瞥了希露卡一眼。

希露卡果然还是装作没听见。

老魔法师向提欧的圣印宣誓，缔结了契约。

“那么，我这就出发谈判吧。我和雪克斯子爵的契约魔法师领班是旧识，他是个明理的人，若能说明前因后果，雪克斯子爵或许会承认我们君主统治的正当性。”

“这可不行……”

希露卡认真地向老魔法师说道：

“因为——提欧大人将会宣告自己加入幻想诗联邦。”

“你说什么？”

老魔法师瞪大了眼。

“这样的话，我们会四面受敌的！”

“这正是我的君主所期望的……”

希露卡严肃地说道。

“对吧？”

“我已经懒得反驳了……”

提欧带着倦意看向希露卡。

“你到底想让我做些什么？”

“我没说过吗？我这是在为提欧大人实现梦想啊。”

“在实现梦想之前，我感觉我的生命会先走到尽头啊……”

“请您放心……”

希露卡向提欧露出微笑。

“因为有我在您身边啊。”

在这一刻，提欧终于能够肯定——与他缔结契约的女子，是一位货真价实的“魔女”……

第二章 野心

1

城堡建在略高的山丘顶上。提欧从城堡里的窗户往外看，眺望被森林与草原围绕的美丽土地。

稍远处可看见村落，村落附近则有广大的农地。

虽然从这面窗户中看不见，但除此之外还有两个村子，而且都位于城堡附近。

“这么大一块地都是我的领土吗……”

提欧目瞪口呆地说道。

直到几天前，他都只是一个流浪君主。

提欧周游列国，讨伐自己应付得来的魔物，不断培育自己的圣印。然而即使他如此努力，所持的圣印距离能授勋骑士的阶段还是相当遥远。

那些任谁都能打倒的魔物无法为圣印提供太多力量，至于那些没人敢招惹的魔物，提欧也对付不来。

前几天提欧对上双头魔犬俄耳托斯，用尽全力才勉强打赢，但圣印也因此成长到能获勋骑士的阶段，他本人还与一位魔法师缔结了契约。

提欧转过身，大叹一口气。

站在他眼前的是一位少女。

少女此时穿着以黑色为基调的服装，据说那是艾拉姆魔法大学的校服。

“算了，总比那件法袍要好……”

少女的名字是希露卡·梅连提丝，虽然刚从魔法大学毕业，但实力似乎相当不凡。

提欧在心中偷偷称她为“魔女”。

也不知道这个魔女在想什么，先是打破与奥图克伯爵维拉尔·康士坦斯的约定，然后又不知为何与提欧这个流浪君主缔结契约，再说，她谋求的到底是什么……

将城堡的前主人赶出去后，这几天希露卡都在不眠不休地勤劳工作——她不仅调查了城堡的每一个角落，还视察了一遍领地。

希露卡召集了几个较有身份的领民，如今正向他们宣布领主交替一事，并说明今后的治理方针。此外，对于领民的陈情，她也耐着性子去倾听。

看来大学不只是教魔法，连辅佐君主所需的各种知识也都有传授。即使君主尸位素餐，只要将事情交给魔法师打理，领地在治理上也不会有什么纰漏。

“提欧大人……”

领民们带着满意的表情离去后，希露卡凑到了提欧身边。

“怎么了？”

提欧说话时不禁带了些情绪。

但希露卡并不在意。

“领地里的三个村庄都宣誓效忠您了，在前任领主的苛政之下，他们反而欢迎您的接替。我已经和他们说好了，会将前任领主留在城堡里的部分私人财产分发出去，因为之前课的税实在太重……”

“我才不想收税呢，把那些私人财产全给他们吧。关于我吃的方面，在中庭种点东西就好。”

“万万不可……”

希露卡冷冷地回应。

“治理领地是要花钱的。首先得雇用士兵，再来还要修缮城堡，然后就是添购武器、饲养马匹……”

“只要不打仗就好了吧？”

提欧不开心地说道。

“不管您意愿如何，战争终究会发生。”

“说得也是，毕竟半路杀出一个流浪君主，不仅抢走当地领主的位置，还宣称自己加入与周边领主敌对的势力。”

“即使没发生这些事，此地迟早也会被战火波及。不对，不久之后，整个大陆都会沦为战场。”

“你说得也有道理……”

提欧点了点头。

分别统领幻想诗联邦和大工房同盟的两位大公同时殒命，他们拥有的强大圣印因此消失，两位大公旗下的领主们不得不宣布独立。

虽然联邦和同盟的领导人暂且由两位大公各自的继承人接任，但他们与各君主之间并没有圣印的从属关系，所以约束力有限。随着局势不断升温，两大势力的内部也变得动荡不安。

“不过，我对战争实在没什么兴趣，只要获得足以统治故乡的爵位就心满意足了。”

提欧就是为此才踏上讨伐魔物的流浪之旅。

“如果只是爵位，您现在持有的就已经足够了呢。”

希露卡说道。

“虽然我不太清楚提欧大人的故乡有多大，但您已经与两

位魔法师缔结了契约，还治理着三个村庄……”

“我的故乡是个又小又穷的村子。不仅灾害频繁，还时常受魔物袭击，农田歉收是家常便饭，而农作物则几乎被子爵搜刮殆尽。大家为了活下去，都拼了命地工作，但还是有很多人死去。我就是看不下去，才在得到圣印后离开家乡。要是我有圣印的事被发现，一定会被杀……不过，我还是下定决心，总有一天一定要回去故乡，治理我的村子。”

提欧远眺西南方，那是他的家乡所在的方向。

“您离开村子是个聪明的选择……”

希露卡站到提欧身旁，望着同样的方向。

“提欧大人，您该不会认为自己抛弃了家园吧？”

“我的确是有这样想过……”

提欧感觉心里被扎了一下，皱起眉头。

“您认为‘变强之后就会回故乡’是一种逃避的借口吗？”

“你还真是一点面子都不留给我啊……”

提欧痛苦地说道。

希露卡的话一点也没错，提欧甚至怀疑这位魔女会读心术。

他战战兢兢地窥视希露卡的侧脸。

提欧原以为希露卡肯定会露出鄙夷的神色，但她的表情和往常一样——她平常就是一副瞧不起人的样子，所以提欧其实并不在意。

“我稍微安心了一点。为达目的不择手段是我的作风，如果提欧大人是个情操极为高尚的人，我可能会耐不住性子呢。”

“我总觉得我差不多摸清楚你的性格了……”

提欧用力地点头。

“不敢当……”

希露卡看向提欧，如肖像画一样表情没有任何变化，她就这样向提欧行了一礼。

提欧莫名觉得脊背一凉。

“话说回来，你的目的到底是什么？我目前只是粗略知道你不想和奥图克伯爵缔结契约而已……”

“不想和伯爵缔结契约是我的真心话……”

希露卡点了点头。

“不只是奥图克伯爵。事实上，直到不久前，我都不想与这世上任何一位君主缔结契约。不管隶属联邦还是同盟，所有君主都为争夺圣印玩弄权术、挑起战争。大陆上明明还有许多魔境，也有许多人承受着魔物、灾厄带来的苦难，但他们却坐视不管……”

“毕竟得不到权力，就无法实现梦想啊。况且，不是听说只要完成皇印，世界上的混沌就会一扫而空吗？”

“传说是这么记载的。然而，对于这件没人挑战过的事，我们无法辨明真伪。我认为，最有资格完成皇印的，应该是像初代君主雷欧那样的人才对。”

“初代君主雷欧？”

提欧吃了一惊，他没想到会在此时听到这个名字。

雷欧在距今约两千年前的极大混沌时代闯出名号，是平息艾拉姆地区混沌的传奇英雄。据说他更是第一位将混沌转化为圣印的君主，因此被人们尊称为“初代君主”。

“得不到权力就实现不了梦想——提欧大人所言甚是。然而，绝大部分人在获得权力后，都遗忘了最初的梦想，并且渐渐沉溺在权力中。您要知道，通过世袭获得圣印的那些君主，可是没有什么抱负的。”

“嗯，也有道理……”

提欧点头同意。

若非如此，西诗提那岛的大半地区也不会依旧是魔境。

“我的话应该不用怎么担心吧？毕竟我的梦想本来就没什么特别。”

“没什么特别？”

希露卡露出不解的神色。

“边境地区的混沌浓度很高，想让那里的居民过上幸福生活，这可是非常特别的梦想啊。”

“不过是治理一个小村庄而已，只要努力的话，任谁都有能力办到吧？”

“在君主忙于平息混沌、发展家园的时候，领地遭周边势力进攻，这样的例子在历史上多的是。为了不被敌人侵略，就得让自己的领地强大起来——不管在军事方面还是外交方面。提欧大人必须要获得相当大的权力，才能实现自己的理想。您至少要能够统帅整座西诗提纳岛，并追随在接下来的大战中获胜的强豪才行。”

“统帅那么大一座岛屿？听起来好遥远啊……”

提欧耸了耸肩。

西诗提那岛领主的爵位是子爵，想获取这样的爵位，还真不知道要打倒多少只魔物才够。况且，目前还不知道哪一方势力——不对，应该说目前还不知道谁能在接下来的战争中脱颖而出。

“我的目的便是让这样的情况成真。”

“这样对你有什么好处？”

“我可以沉浸在运筹帷幄的优越感之中。”

希露卡露出微笑。

让提欧感到生气的是，这个魔女只有笑的时候会让人觉得她很可爱。

这或许是因为与她平时的表情有着很大的落差吧？虽然听说她才十七岁，但笑起来感觉又年幼了几分。并肩而立后，提欧才发现她意外的娇小。此外，她的胸部算不上丰满，身体曲线也显得青涩稚嫩。

“要是真能实现，你想怎么自夸都没关系。”

也不知道要用什么魔法，才能让流浪的君主成长为子爵，并当上西诗提那岛的领主，提欧只觉得一片茫然。

“我可是很认真的啊。”

希露卡的语气听起来似乎有些不愉快。

“你说认真……”

说到一半，因为看到她那不带一丝调侃的严肃神情，提欧把话吞了回去，手还不自觉地按在了剑柄上。

提欧背井离乡已有三年，迄今为止都靠着这把便宜的长剑讨生活。虽说他是个拥有圣印的君主，但平时几乎都是当商队的护卫，接触的敌人大多以强盗为主。

不过，在遇到希露卡后，他成了真正的骑士，而且还当上了统治三个村庄的领主。光是眼下的现实，就让提欧难以置信。

“好吧，总之我会坚持理想，不让自己被权力冲昏头……这样就够了吗？”

“很足够了……”

希露卡再次露出笑容。

“因为其他大小事都会由我为您打理。”

提欧盯着自信满满的希露卡看了好一会儿。

“怎么了？”

她用紫色眼眸回看提欧。

“没事。那就都交给你办了，我会依你的指示行动。”

“谢谢您。”

恭敬地行了一礼，希露卡便退下了。

在她离开后，提欧深深地叹了口气。那凛冽凝重的气氛缓和了不少。

（算了……）

提欧再次将目光转向窗外的田野风光。

（我身上值钱的，说来说去也就有只有这条命而已。况且，如果想在这个时代生活下去，就一定得冒生命的危险。）

2

回到自己的房间后，希露卡深深叹了口气。

她坐在椅子上，呆呆地看着天花板。过了一会儿，她伸出双手盖着脸庞。

（我在做什么啊……）

她没把心思化为言语，只是在心中嘟囔。

（听到不得不和奥图克伯爵缔结契约后，我就变得自暴自弃……就像挑衅他们一样，故意经过隶属同盟的克洛维斯，会被袭击也是理所当然的。不对，说不定我是在期待他们出手袭击……）

若是在此引发骚动，就会演变成引爆大战的火种，好比在浸满油的布上点火。实际上，克洛维斯和赛维思的君主们已经在备战了。

他们攻打的目标当然就是奥图克。

希露卡不认为被三方围攻的奥图克伯爵会有胜算。若是效忠伯爵，她有可能会死在接下来的战斗中。但是，若奥图克伯爵早一步阵亡，那么契约就会在他死去的同时解除，希露卡便能开心地回去继续自己的求学生涯。

无论如何，决战之时将至。

希露卡认真地想过，比起长期侍奉伯爵，让战争早日开打更合她的意。

但是，在前往奥图克的途中，希露卡遇见了流浪君主提欧，这让她觉得说不定是命运的安排。

同样是缔结契约，就算对方爵位低且没什么实力，但只要有真正君主该有的理想，希露卡就愿意效忠。所以，她之前才会毫不犹豫那样做。

虽说还没与伯爵正式缔结契约，但希露卡的行动已经踩在了协约的底线上，魔法师协会甚至有可能对她进行处罚。

在将提欧牵扯进来的这一件事上，她还是抱有罪恶感的。如今，他们所面临的情况非常险恶，只要走错一步，就可能全盘皆输。

不过，希露卡只是在与提欧缔结契约前自暴自弃而已，她此后的行动都经过了缜密的筹划。她在大学时学过兵法，在战术模拟的时候未尝败绩。尽管不知道这些知识能否在实际的战场上发挥作用，但希露卡还是相当有自信。

虽然不知道还能侍奉提欧多久，但希露卡打算尽可能提高提欧圣印的力量和爵位，并协助他达到目标。当然，不管事态如何，希露卡都希望能保护好提欧的生命。

“希露卡大小姐……”

这时候传来了敲门声，来的人是艾维因。

希露卡不打算起身，她出声示意侍从可以进来。

“恕我失礼……”

艾维因进房后随即行了一礼。

“怎么样？”

希露卡拜托他去周边的领地侦查，接下来要与附近的君主开战，所以希望能尽可能取得敌方的准确情报。

“我们现在就像被大批猎犬包围的受伤小鹿，想必每一个君主都希望能抢在其他人之前夺取这片领地。”

“若不是这样就糟了……”

希露卡点点头。

“如果周边的领主没被激起竞争意识，选择联手进攻，那我们就一点胜算也没有了。若赛维思王或克洛维斯王亲自率军，结果也是一样。不过，目前还可以乐观一点，我不认为赛维思王会跨越国境攻打我们，而克洛维斯王则是个优柔寡断的人。不仅如此，为了争取时间，萨图尔斯老师还出任说客。好了，谁会是第一个上门的呢？”

萨图尔斯·阿奎纳士原本是侍奉住在城堡的前领主梅司特·米德里克的魔法师，他目前以使者身份拜访克洛维斯王。

“我认为应该是在东边与我们接壤的赛维思的君主——拉席克·达彼多。他是一位治理两个村庄的小领主，眼下对他来说是千载难逢的好机会，能够以此扩大势力。他似乎怀着相当大的野心，不仅做好了战斗准备，而且还继续招募士兵，甚至雇了佣兵。”

“看来是认真的呢。我们反而把侍奉前领主的士兵通通辞退了。虽然有几个人想留下来，但无能君主所带领的士兵，素质也好不到哪里去——没一个让人满意的……”

“我们也要雇用佣兵吗？或者在领地内招募士兵……”

“我看还是不要雇佣兵为好。战争爆发在即，能找到的佣兵多半不是什么上等货色，要是他们拿到订金后掉头就跑，那可谓是徒劳无功。至于招募士兵，我已经在做了。没想到血气方刚的年轻人还挺多的，吓了我一跳。只不过，重点在于选一些能和提欧大人的理念产生共鸣的人，所以我会仔细筛选的。”

“这……听起来门槛相当高呢。”

“这已经是我的最低要求了……”

就目前的情况来看，提欧胜过其他君主的，就只有“拥有崇高理想”这一点而已，希露卡可不想让麾下的士兵玷污他的优点。

“所以……虽然有些不情愿，但我打算叫一个旧识过来帮忙。”

听到这句话，艾维因突然睁大平时眯着的眼睛。

然后……

“在下甚感惊讶……”

他低声说道。

“有什么好惊讶的？”

“因为希露卡大小姐在大学居然有朋友……”

艾维因感慨地说道。

“没……没礼貌！我当然也是有朋友的！虽然只会在大学课堂的空闲时间说上几句……”

希露卡脸蛋涨得红彤彤的。

“那真是太好了。上次举办祭典的时候，您闭门不出，我私下担心了好一阵子呢。”

“我收到了邀请，只是没去而已。我不喜欢人挤人……”

希露卡噘起了嘴。

“但我要找的人不是大学的朋友，而是魔法学校时代的女室友，比我大两岁。因为她也是梅连提丝家的一员，所以对我来说就像是姐姐一样。名字是爱雪拉。”

“她是魔法师吗？就提欧大人目前的爵位来说，契约人数已经满了吧？”

“不是的，她没念魔法大学。”

希露卡摇摇头。

爱雪拉在一场重要的考试——被视为魔法大学入学考的魔法学校毕业考中表现不佳，但这都是因为一场“无法事先防范的意外”。

“不过，她确实不太适合当魔法师，就算上了大学也应该会叫苦连天。离开学校后她成了佣兵，接的基本上都是魔法师协会的委托。”

“她是代理人(Agent)吗？”

艾维因的眼睛眯细了些。

魔法师协会是大陆最具实力的大组织，他们治理着大陆首屈一指的大都市艾拉姆及其周边地区。协会通过协约掌管政治和司法，通过发行标准货币支配经济，而知识与技术方面也可以说是被他们垄断了。

为维持组织运作，当然需要不少人进行管理。所谓的“代理人”便是协会的密探，专门执行危险任务或见不得光的行动。

“说是代理人，但爱雪拉是因讨伐魔物而出名的。从小就展现出优秀运动神经的她，在魔法学校的最后几年里，比起魔法，更多地把时间用在练习使用武器上。只要她握着长柄武器，就没人打得赢她。"

"难道她烙上了邪纹？"

"是的，如果不是这样，她也没办法执行那些危险的任务。只是单纯驱散汇聚起来的混沌，混沌的浓度并不会降低。"

希露卡遗憾地说道。

虽然对邪纹没什么偏见，但看到那些纹路烙在爱雪拉美丽的肌肤上，希露卡的心情还是有些复杂。

"如果知道她现在在哪里，我这就为您跑一趟……"

"我来联络就可以了，放心吧。艾维因，接下来麻烦你继续监视领地以及周边地区的动静。在招到人才之前，我想应该是没什么休息时间了，真抱歉。"

"请您无须在意，克莱榭大公是个更会压榨部下的主子。"

"因为我的任性，害你被牵扯进来，真对不起……"

希露卡端正坐姿，向艾维因低头致歉。

"在决定侍奉希露卡大小姐的时候，我就做好心理准备了。不对，正是因为如此，我才会决定侍奉您，我认为您是个会榨出我所有价值的主子。"

"你认真的地方还真奇怪……"

希露卡对艾维因笑了笑，随即垂下眼帘。

然后……

"谢谢你。"

她用细微的声音如此说道。

声音虽小，但艾维因不可能听漏，只是他并未回应，就这么离开了房间。

"好了，接下来呢……"

房间只剩下她一人后，希露卡站起身子，看着自己落在地

板上的影子。

她拿出魔法杖。

“世界数量虽趋无限，却永无交会之日。然而，次元偶有扭曲之时，其影将会落于他界……”

她开始咏唱召唤魔法的咒文，并在脑中描绘某种异界生物的模样。

“汇聚吧！提尔纳诺格界的凯特希！”

接着，希露卡挥动魔法杖，指向自己的影子。

散布在房间中的混沌化为黑雾，汇聚成一颗核心。核心转为由影子构成的球体，然后渐渐塑出形体。

被召唤出来的东西，外表和这个世界随处可见的某种动物很相似。

那是一只猫，但体型比起普通的猫要大一圈，而且还用两条后脚站在地上。它有一身泛着光泽的黑毛——唯有胸口长了一撮领带般的白毛——以及一双泛着蓝光的金色眼睛。

这双眼睛看向了希露卡。

它是栖息在妖精界——提尔那诺格的猫妖精，凯特希。

“许久未见了啊……”

伸直尾巴、背脊与胡须后，凯特希用人类语言向希露卡搭话，语气甚是高傲。

“别来无恙，巴尔迦礼殿下。”

希露卡拎起校服的裙摆微微屈膝，行了一礼。

凯特希是种族的名称，巴尔迦礼则是名字。它拥有王位继承权，似乎有朝一日会成为凯特希族的王。

“余允许汝抱余，也允许汝抚摸余的耳根子。”

凯特希双手叉腰说道。

“这是我的荣幸。”

希露卡托着巴尔迦礼的腋下，将它抱到胸前。

被抱起来后，巴尔迦礼放松着缩起身子，窝进希露卡怀中。希露卡伸手从耳后一直抚到背部，这让巴尔迦礼感到十分舒服。它闭起眼睛，还发出了呼噜声。看它这副样子，和普通的猫实在没什么两样。

“找余有何事？”

待希露卡摸了一会儿后，巴尔迦礼开口发问。

“想请您帮我向爱雪拉传个话。”

希露卡抚摸着它的毛皮说道。

“爱雪拉？”

巴尔迦礼的毛在一瞬间竖了起来，然后又垂了下去。

“余不擅长应付那个女人。”

猫妖精撇过头去。

“我明白……”

希露卡露出苦笑。

“待殿下归来之际，我会准备好您喜欢的东西。”

“这样啊……”

巴尔迦礼的长胡须抖动了几下。

“那余就实现汝的愿望吧。汝想对她说什么？”

“‘我需要你的帮忙，请火速赶来我这里。’这样就可以了。”

“嗯，余知道了。”

巴尔迦礼竖起耳朵，眼睛突然睁大，然后从希露卡的怀中跳了下来。它以四肢着地，接着用后脚站了起来。

希露卡告知它这座城堡的名字和地理位置。

凯特希点头后，便跳向希露卡的影子。就像融入影子中一样，它渐渐消失。

“希望来得及……”

希露卡对着自己的影子呢喃道。

也许明天就会有敌人攻过来。

“好了，得再走多一步才行。”

希露卡舒了口气，将视线落在右手的魔法杖上。她念诵咒文，发动蓄存在魔法杖中的一道魔法。

3

“她居然给我捅了这么个娄子……”

在艾拉姆魔法大学的校长室里，塞浦路斯·史托拉司用双手按着自己稀疏的白发，一脸呆滞。

就在刚才，塞浦路斯的其中一位秘书来到办公室，转达了来自希露卡·梅连提丝的联络——出于一些身不由己的理由，我和一位君主缔结了契约。

不仅如此，希露卡还抢了克洛维斯境内一位小领主的圣印和领地，甚至在被大工房同盟势力包围的状态下宣称加入幻想诗联邦。

世上应该没有哪个君主敢做出如此大胆的行动，所以这肯定是希露卡指使的。

“我明明和她说过‘魔法师只能是君主的辅佐者’啊……”

希露卡的性格问题，在她还在魔法学校的时候就已经很有名了。魔法学校的校长甚至有过“筛”掉她的念头。某起事件发生后，塞浦路斯认识了希露卡，并亲自对她进行警告。后来希露卡安分了许多，但性格似乎没有变好的迹象。

“怎么还是像小时候一样……”

塞浦路斯深深地叹气。

就是因为这样，塞浦路斯才打算把她一直留在身边。

希露卡以成为虹之魔法师为目标，离毕业还有一段时间。毕业后，她打算留在学校担任教职员。

不过，奥图克伯爵维拉尔·康士坦斯莫名中意她，还向塞浦路斯要求与希露卡缔结契约，塞浦路斯未能拒绝伯爵的要求。

随着爵位的整合统一，君主与魔法师的关系逐渐发生变化。君主开始向协会施加各种压力，让协会难以拒绝他们的要求。

如今，协会若是与君主全面开战，和平将在转眼间分崩离析，世界想必会倒退回极大混沌时代。

“您意下如何？”

秘书开口询问校长的意见。

“只能如实向康士坦斯伯爵禀报了，说希露卡·梅连提丝出于一些身不由己的理由和一位君主缔结了契约。顺便和他说我们愿意派候补的人员过去。”

希露卡正准备与周边的君主开战，在如此紧张的局势下无法把她叫回学校，因为对与她缔结契约的君主来说，这是违背信用的行为。塞浦路斯现在只能静观其变。

“我明白了……”

秘书恭敬地低头行礼，离开了房间。

房间只剩一人，塞浦路斯从椅子上起身，走向窗边。通过玻璃窗往外看，可以看见魔法大学的校园里有许多学生来来往往。

塞浦路斯眯细了眼睛。

“唯一不变的就只有这片光景吗……”

在世界被极高浓度的混沌笼罩时，率先从混沌中恢复秩序的，正是艾拉姆地区。

混沌会扰乱自然律，引起各式各样的事故与灾厄。不过，有人发明了让混沌转化为力量之源，并自由自在进行操作的技术——那便是魔法。

在一千七百多年前，初代君主雷欧的随从——伟大的魔法师米凯洛在大陆四处旅行，并召集优秀的魔法师前往艾拉姆地区。随后他建立魔法师协会，开创了研究魔法与培育魔法师的先河。

米凯洛的目的在于终结混沌时代，复兴存在于纪元前的失落文明。

因为这样，魔法师只能协助可以将混沌转化为秩序的君主。艾拉姆培育出来的魔法师会前往大陆各个角落，寻找值得自己侍奉的君主;对抗极高浓度的混沌，花上无数岁月将其平息。

讽刺的是，随着混沌浓度降低，君主们开始相互厮杀，而且随时间流逝不断激化。

他们争夺的，正是混沌时代结束后，能对新时代进行统治的那个位置。

很明显，随着混沌时代结束，魔法师会失去立足之地。经年累月进行研究，如今成熟发达的魔法体系若失去作为能量之源的混沌，将会化为泡影。

无论是好是坏，这千余年以来，魔法师协会一直主导着世界的走向。这个组织集强权与财富于一身，畏惧、羡慕、嫉妒他们的人绝非少数。当魔法师失去力量时，随之而来的“反作用”究竟会以何种形式爆发，协会对此感到害怕。

塞浦路斯眼前的景色，或许会在不久的将来消失殆尽。想到这里，他自然而然地叹了口气。

在这样的时代里，希露卡这鬼才被放进了世间，或者说时代在呼唤她。塞浦路斯隐约察觉到，在争夺皇印的大战中，希露卡将扮演一个重要的角色。

（但这也要她能一直活下去才行……）

塞浦路斯闭上嘴，合起眼。

他这样做是为了不让自己的心底话泄露出去……

4

奥图克在艾拉姆东侧。发源自艾拉姆的耶鲁杜河，经奥图克注入东边的巴拉克海。虽然耶鲁杜河在入海口附近形成了广阔的三角洲，但奥图克大部分领地都被森林占据。

除了南边，奥图克另外两侧都与隶属大工房同盟的地区接壤，在北边的更是同盟领主玛丽娜·克莱榭亲自统治的贝多利德。因此，奥图克既被视为直指同盟咽喉的利剑，也被视为同盟网中的大鱼。

康士坦斯家在征服奥图克后，已经持续统治了十个世代。上一任家主成了铁血伯爵尤尔根·克莱榭的女婿后，竟然反目加入幻想诗联邦，这在当时掀起了一阵风波。理所当然，周边隶属同盟的地区都对奥图克有着强烈的敌意，挥兵进攻的次数非常之多。

即使如此，上一代家主还是征服了南边的雷加利亚，与奇尔西斯、哈曼这两个同属联邦的国家联手，甚至还与海洋对岸的小大陆达塔尼亚建立了合作关系。奥图克反过来从东西两侧，以及南海方面给予同盟各国压力。

同盟若不击倒奥图克，前途将极为堪虑，联邦若失去奥图克，实力就会降低不少。如今，奥图克的状况将会决定大战的走向，而治理此地的领主则是好色伯爵维拉尔·康士坦斯。

这位维拉尔伯爵，目前正在城堡内的私人房间里悠闲度日。

房间摆满奢华的装饰品，身穿天鹅绒松垮睡袍的他，单手托着装了发泡葡萄酒的杯子在看书。

这时，传来了敲门声。维拉尔将视线从书上移开，抬起头来。

“进来。”

维拉尔看向房门说道。

“打扰了。”

女子回话，房门随之静静敞开。

进房的是维拉尔的魔法师领班玛格莉特，她那一头红发并未编织成辫，而是自然下垂，末梢修剪得十分整齐。眼角上扬的细长眼眸，画了与发色相同的红色眼影，薄薄的嘴唇也涂了同样颜色的口红。她的法袍、斗篷、手套、长靴都是红色的，给人一种被火焰包覆的印象。

“就在刚才，我收到了来自魔法大学塞浦路斯校长的通知，现向您汇报——预定与伯爵缔结契约的魔法师希露卡·梅连提丝，在前来此地的途中出于身不由己的理由，改与其他君主缔结契约。除此之外，对方愿意派遣新的魔法师代替她前来缔结契约，不知您意下如何？”

玛格莉特的语气十分冰冷，与她的形象有很大差异。

“哈。”

维拉尔轻笑了一声。

“那个女孩还挺大胆的啊。不过，回顾她当时在大礼堂的行动，不难想象会做出这种事。”

维拉尔说着啜了一口玻璃杯中的酒，表情略微耐人寻味。

“该怎么答复校长呢？”

“让他不用再派魔法师来了。”

维拉尔答马上回答。他不打算放过希露卡这种有趣的女孩。

“遵命……”

玛格莉特点头回应。

“那么，该如何处置希露卡·梅连提丝呢？这丫头竟敢对伯爵您无礼，我可无法接受。”

虽然没有改变语气，但玛格莉特的双眸闪过了一丝愤怒的火光。

“可以先帮我调查一下她的现况吗？我想知道她为什么要这样做。调查后如果有必要，那就惩罚一下她吧。到时就交给你了。”

维拉尔说完，双眼紧盯着玛格莉特。

“难得来一趟，要不要一起喝一杯？”

“虽然很荣幸，但调查那个叫梅连提丝的丫头是我的首要任务，请容我推辞您的邀请，希望下次还有机会。”

“这样啊，真是可惜……”

维拉尔露出苦笑，又啜了一口酒。

“你马上就二十五岁，很快就要离开我了啊。”

“还有一百四十一天。”

玛格莉特淡淡地说道。

“感觉你好像非常期待啊。”

维拉尔的手停了下来。

“……或许是这样没错。”

稍作停顿，玛格莉特如此回答，接着行了一礼便转身离去。

“我明明是世界上最尊敬女性的男人，但为什么都没有女子倾心于我呢？”

维拉尔低声嘟囔，就像在向酒杯提问。

“像母亲那样的女子还真难找啊。”

5

拉席克·达彼多是一个骑士，统治着赛维思西边边境的两个村庄。一种说法是他的父亲原本是佣兵，因为接过了此地前领主的圣印和土地，所以成为君主——前领主并没有能继承自己的亲人。另一种说法则是，他的父亲威胁前领主，夺走了前领主的圣印和领土。拉席克不知道哪一种说法才是真的，也不打算去考究真相。

数年前，父亲去世，拉席克继承了爵位。

只能治理两个村庄的他，爵位可说是君主里最低级的，但直到不久前他都直属于马帝亚斯·克莱树大公。大公身亡后，拉席克成了独立君主。

目前的局势对他很不利。

赛维思从前就有许多独立君主，但就算是势力最大、家主自称“赛维思王”的杰尔杰家，领土也只有总面积的三分之一左右。因此，赛维思内部自然是纷争不断。

但在大约三十年前，人称铁血伯爵的尤尔根·克来树举兵进攻赛维思，随后赛维思的所有领主都宣誓效忠克莱树伯爵，他们献出圣印，成为大工房同盟的一员。

自此之后，赛维思内部不曾爆发战争。

但是，目前又回到了铁血伯爵征服此地之前的状态。因为

赛维思在东部及南部与隶属幻想诗联邦的国家接壤，所以内部的君主暂且团结在一起。但说到底，随便信任周边的领主，风险仍旧很高。

就在这时，赛维思内部的一个小领主——领地与拉席克治理的村庄接壤的梅司特·米德里克突然被流浪君主夺走圣印及领地。不仅如此，那个君主还大声宣布加入幻想诗联邦，这等于是在欢迎拉席克出兵夺取他的领地及圣印。

“我还真走运，在爆发大战的前夕，竟遇到送上门来的圣印和领地。”

克制不住兴奋之情的拉席克漫无目的地在城堡大厅中来回踱步。随着脚步，一头疏于整理的金发和装饰在斗篷上的长兽毛也跟着摆荡。

站在拉席克身旁的，是他的契约魔法师莫雷诺·多尔忒斯。莫雷诺垂至肩膀的茶色头发被细致地从中间梳到两边，身上的法袍镶了许多珠宝。他用事不关己的眼神看着兴奋不已的主人。

“我要攻打米德里克的领地，而且越快越好，免得被其他的领主抢先一步。”

拉席克说起话来有些颤抖，他回看莫雷诺。

“我并无异议。但这可是攻打其他领地的行为啊，想必会招来克洛维斯王，以及领地内其他领主的抗议。”

莫雷诺轻佻地回答道。

拉席克在继承圣印后，为寻找理想的魔法师，特意跑了艾拉姆一趟，并隐藏身份在魔法大学附近的酒馆工作。

后来，莫雷诺被他看中，并收到“毕业后要不要和我缔结契约”的邀约。

莫雷诺一开始是拒绝的。

得知拉席克的爵位，莫雷诺认为他并不是自己理想的君主，但举杯对饮后，发现这个小领主是个不得了的人物。

因为莫雷诺对剑术相当有自信，所以很快就看出拉席克有着不错的身手，而这位小领主虽然缺乏学识，却相当通情达理，还能正确地解读对方心中的想法——最重要的是拉席克为人爽朗，有着十足的野心和自信。

或许是酒精影响了判断力，莫雷诺最后产生了“就把前途押在这个小领主身上吧”的念头。于是，莫雷诺在毕业后主动与拉席克缔结了契约。

两年过去了，局势朝着拉席克所期待的方向发展，让莫雷诺觉得这个主子颇有运气——接着就发生了提欧的事件，也难怪拉席克会如此兴奋。

“把圣印和领地抢到手就不用怕了。不过是个流浪君主，看我三两下就宰了他！”

拉席克说着，摆出一个拧干毛巾的姿势。

“希望真是如此……”

莫雷诺皱起了他那张自认清秀的脸。眼前的局势实在是好过头了，这让魔法师不禁警惕起来。

“你在顾虑什么啊？”

拉席克感到有些困惑。

“你不觉得对方像是在欢迎我们进攻一样吗？若非做好万全的准备，普通人不会贸然向周边宣布自己隶属敌对势力。”

“他们肯定是在虚张声势。我听说那个君主和米德里克的契约魔法师萨图尔斯重新缔结了契约，并让他与克洛维斯王交涉。依我看，他们很清楚若是宣布加入同盟，就会被要求交还圣印和领地，所以反过来摆出强硬的态度，打算让对方让步。”

“原来如此，你是这样想的啊。”

莫雷诺抬头看向天花板，来回晃着竖起一根指头的右手，在脑中整理思绪。

（虽然略微不够周详，但也说得过去……）

梅司特·米德里克向克洛维斯王埃弗特·雪克斯请求庇护的消息传到了拉席克他们耳中——梅司特想必是想夺回领地。不过，克洛维斯王没有理由为不仅失去领地，还丢掉了圣印的家伙出兵。从克洛维斯王的角度来看，许诺保证新领主的人身及领土安全并要求对方加入自己，这样做比较省时省力。事成的话，他就可以不费一兵一卒获得爵位和领地。

据说克洛维斯王为人说好听点是谨慎，说难听点就是不机灵。但是，他肯定希望自己能统一大陆。让从米德里克手中夺走领地的那位流浪君主加入同盟，完全符合克洛维斯王的行动方针。

先是宣称加入联邦，摆出不惜一战的强硬态度，再提出“若愿意承认我方为独立君主，那就转而加入同盟”的条件，这策略听起来有些冒险，但却能顾及克洛维斯王的面子，因此成功的可能性并不算低。也就是说，若想要抢走米德里克的领地，就得在新领主与克洛维斯王交涉完毕之前出手。

“那我们就这么办吧……”

莫雷诺向拉席克点点头。

“不过，虽说是攻其不备，但对方说到底还是凭少量兵力夺下了米德里克的城堡，或许实力相当不俗。”

“若是比剑术，我可相当有自信。手下的五十位士兵都是经过充分的训练精锐，不仅如此，还雇了五个佣兵，不管对上周边的哪个领主，我都有十足的把握获胜。”

"我们的兵力远超治理两个村庄所需……哎，也正因为这样，前任领主留下的财产花得差不多了……"

拉席克的父亲曾是颇具名气的佣兵团团长，挣了不少钱财，而拉席克则用这笔遗产为战事做准备。如果再继续拖下去，拉席克破产之日应该会率先到来。

"抢到米德里克的领地就够了，现在正是关键时刻，我当然得把所有身家赌下去。"

"要是落败，就会输个精光啊。"

"打赢不就得了吗？"

"说得没错。"

莫雷诺忍不住笑出声——拉席克总是如此乐观积极。

世上虽有采取行动然后败北的例子，但同样有因按兵不动而招致灭亡的案例，眼下与阅读历史书籍不一样，没人知道接下来发生的事。虽然应该谋定而后动，但比起"该采取怎么样的行动"，"想得到什么结果"肯定更为重要。如今形势极为有利，若拉席克仍决定静观其变，或许莫雷诺反而会感到失望。

"那就请你打一场胜仗吧。"

莫雷诺轻佻地向拉席克行了一礼。

"嗯，我会赢给你看的。对方和两个魔法师缔结了契约，即使一个是糟老头，一个是小丫头，但依旧不能大意，所以你也要贡献一下啊。"

"好吧，我会尽我所能。"

不仅是拉席克，莫雷诺也对自己的才能很有信心。他学习了四个色系的高阶魔法课程，军事和内政的造诣也不亚于其他魔法师。在剑术方面，莫雷诺不认为自己会输给普通的佣兵。

（但还是大意不得……）

赶走梅司特的君主虽然是个名不见经传的人，但莫雷诺认识与其缔结契约的魔法师希露卡。

虽然两人不曾在同一个系里上课，但在魔法大学内见过好几次面。由于希露卡长得很可爱，莫雷诺曾用轻浮的心态搭讪过，却被她以冰冷且凶狠的眼神回敬，顿时说不出话来。这一段经历，是他大学时代不堪回首的往事之一。

听说希露卡是个优秀的魔法师，在两位大公被恶魔领主杀害的事件中，她是头一个察觉到混沌在汇聚，并试图出手制止的人。希露卡应该是以虹之魔法师为目标才对，到底出了什么事，才会让她转而侍奉一个无名君主？

（我很期待与你对阵啊。）

莫雷诺期盼与她交手，并让她跪在自己面前。

然后，他要用冷漠的眼神睥睨希露卡。

6

拉席克率兵进攻，是希露卡他们占领梅司特·米德里克城堡后的第七天。

听到艾维因的报告，希露卡从尖塔的窗口向外眺望拉席克的部队。虽然对方看起来还只是像一排蚂蚁，但很快就来到城堡之下。拉席克率领的部队，人数明显不是治理两村的领主应有的。对方行军相当有秩序，领队者显然有将帅之才。

“我原本是希望对方再晚点才攻来的……”

不过，提欧方面也做好了必要的准备。

他们从村子的年轻人中挑了十个雇为士兵，然后进行训练，让士兵能够听从“前进”“停止”“战斗”“撤退”四项指令进行战斗。虽然装备只筹措到长枪与护胸，但足以上战场了。指挥新兵的是君主提欧本人。

提欧方的战力，说穿了就只有艾维因一人，这场战役应该会请他一夫当关。

萨图尔斯老师仍在持续且有效地与克洛维斯王谈判，这是非常关键的一点，只要谈判还在继续，克洛维斯内的小领主就不会出兵。仅与拉席克所率领的部队交战，正是希露卡的目标。

在这种双方合计不到百人的冲突中，左右胜负的关键是个人实力。

听说那个叫拉席克的君主剑术相当了得，即使圣印强度要更高，提欧恐怕依旧不是对手。若情况演变成双方君主进行单挑，那提欧一方就吃定败仗，而对方或许算准了这点。

与拉席克缔结契约的魔法师，名为莫雷诺·多尔忒斯。因为莫雷诺刚从大学毕业没几年，所以希露卡知道他大概是个怎样的人。

（尽管有才能，却是个器量狭小的男人。）

这就是希露卡对于莫雷诺的评价。

（但剑术方面，他的水平在魔法大学中可说是相当出众。）

希露卡还记得，莫雷诺经常在魔法大学的中庭与剑术同好会的朋友们切磋剑技。

过去，魔法师被视为一群与武器无缘的人，但创立了大工房同盟的铁血伯爵尤尔根·克莱榭却下令让魔法师站上前线，从那时候起，“与武器无缘”的印象被打破了。

和尤尔根·克莱榭缔结契约的魔法师必须带着士兵冲锋陷阵。在战场上，魔法将化为恐怖的杀戮武器。不过，当时的魔法师瘦弱无比，几乎连自己都无法好好保护，所以虽然击倒了

许多敌人，但命丧沙场的也不在少数。

在制定爵位制度的时候，规定了魔法师若因“正当理由”死去，与其缔结契约的君主爵位不会降低，还可以与下一个魔法师缔结契约。不过，魔法师协会无法主张派魔法师上战场是“不正当”的做法。

尤尔根抓准了制度的漏洞，把魔法师当作弃子。除此之外，铁血伯爵还让重装骑士组成“重弩齐射”等阵形，大为改变战争的形态。

如今，魔法师必须要有护身能力，魔法学校和魔法大学会教导魔法师使用武器。希露卡晚了两年读魔法大学，是在等待身体发育。期间她学会了武器的基础用法，进入大学也未懈怠训练。虽然学的只有短剑和细剑两项，但希露卡用起来还算是有模有样。不过，这充其量也只是护身用的，面对真正的战士恐怕讨不到便宜，就算是对上莫雷诺，她也认为自己没有胜算。

（对方一定也考虑到了这点……）

说到底，希露卡不认为魔法师之间会拔剑交锋。她没有忽视莫雷诺盯上提欧的可能性，之所以让身着戎装的士兵站到提欧身边，就是在提防这一点。

“抱歉啊，在你思考的时候打扰你。”

这时，希露卡身后传来了提欧的声音。

“有什么事呢？”

希露卡回身行了一礼。

“对方似乎打算攻过来，要怎么办？”

提欧在不久前从随从艾维因口中听到了附近的君主将发起进攻的消息。

“当然是与之交战啊。”

希露卡的表情就像听到了奇怪的问题一样，她如此答道。

她的回答与提欧在心中猜测的一模一样。

“要和那么多的敌人交战吗？”

提欧又问了一遍。敌军似乎超过五十人。

“有什么问题吗？”

希露卡歪头表示不解。

“我就猜你会这么说。”

就像必定要来的东西到来了一样。

（结果，领主的位置只坐了短短几天而已啊……）

运气不好的话提欧会葬身此地，就算运气好，想必也会被夺走圣印、逐出领地。

（算了，只是回到与她相遇前的状态而已。）

提欧总觉得这样也不坏。

不过……

（这样就等同于放弃梦想——逃离故乡。）

想到这里，提欧在心中重新下定决心。

“你有什么妙计吗？”

“我才没有那种东西呢。”

希露卡傻眼地看着提欧。

提欧刚刚才振作起来的气势就这样一下子萎缩了。

“你不是说要帮我实现梦想吗？”

“我是这么打算的。”

希露卡点点头。

“虽然没有妙计，但只要打赢就好。”

“要怎么打，关起城门固守吗？”

“固守城池，会让我们显得弱小不堪，其他在观望的领主

可能会因此参战。若无法在野外的战斗中分出胜负……”

“看来得打上一场呢。”

正常来想，战斗应该会以提欧一方迅速溃败收场。

“那我该怎么做？”

“请您让士兵在前方列队，然后站在他们身后。”

“啊？”

提欧不禁发出傻乎乎的声音。

“您做得到的吧？”

希露卡露出略显担忧的表情。

“当然做得到，你这话真没礼貌。”

被如此调侃，就算是提欧也显得有些不高兴。

“真是抱歉，因为您显得很是惊讶……”

“因为我没想到作战方案会这么简单啊。”

提欧心想，这场战斗的主角，再怎么说也应该是自己这个君主才对。

“还有一件事要向您报告。”

希露卡说着竖起了右手的食指。

“如果敌军已经打到身边来了，请您下令让士兵撤退，并立刻投降。”

“你说什么？”

提欧感觉自己精神及肉体的力量正逐渐流失。

“你是说，我并不用亲自战斗？”

“您一旦开始战斗，就是我军败北的时候。这样一来，恐怕我也会死。”

“你不怕死吗？”

听希露卡说得如此轻描淡写，提欧忍不住发问。

“与其说害不害怕，不如说是讨厌。若是害怕死亡，就无法赌上生命展开行动了。”

“你打算赌上生命做……”

话说到一半，提欧打住了自己的话。

（她是为我而赌上性命啊。）

正确来说，是为提欧的理想。虽然不太懂她为什么要这样做，但提欧还是选择相信她。

“那么，我们出击吧。”

希露卡拍了一下手，并对提欧露出微笑。

这样的笑容总是会让提欧觉得希露卡很可爱。

（这招还真是卑鄙。）

他在心中咂舌。

提欧穿上盔甲，握紧剑与盾，而士兵们已在中庭排好队列。

希露卡原本打算走向阶梯，但好像突然想到了什么一样，匆匆加快脚步，朝与敌人方向相反的窗边走去，然后露出惊喜的表情。

“你看到了什么？”

提欧站到希露卡身边，眺望窗外。只见一匹白马自西边沿着道路全速奔向城堡。骑手身穿银白色盔甲，戴着有羽翼装饰的头盔，长长的黑发钻出头盔缝隙迎风飘扬。

“恭喜您。”

希露卡以一如既往的表情，向提欧恭敬地行了一礼。

“什，什么啊？”

提欧当然是一头雾水。

“如此一来，这场战斗就胜券在握了。”

他以为自己听错了。

7

提欧与希露卡一起走出城堡，而那匹马刚好在这时候抵达城堡门口。

骑手跳下马背，一把摘下带有羽翼装饰的头盔，并将其连着手中的长枪一起抛向地面。仅仅甩了一下，长长的黑发就恢复平整。

她是一位高挑的女子。

略粗的眉毛有着漂亮的形状，鼻梁细而窄，细长的双眼中有着绽放寒光的黑色瞳孔，丰腴的嘴唇涂上了鲜红的口红。

女子穿着从胸部覆盖到腰际的白银色鳞甲，下半身则挂着裙甲，从裙甲的间隙可窥见她穿着黑皮短裤。她大方地展露着上臂与大腿，而手肘和膝盖以下的地方则套着与胸甲颜色相同的鳞甲。女子偏黄的肌肤如新榨牛奶般光滑，在她左眼角与太阳穴之间有一道黑色的花纹——邪纹。

她的上臂与大腿也刻着邪纹。

“希露……卡！”

泫然欲泣的女子大喊道，接着朝希露卡双脚一蹬，就这么飞身抱了过去。

希露卡承受不住这股冲击力，眼看就要往后摔倒，提欧连忙伸出右手从后撑着。

就在这时，黑发女子突然用锐利的眼神狠狠地瞪了提欧一眼。她抱着希露卡，就这样粗暴地撵开了提欧的手。

“请问您贵姓，和希露卡是什么关系？”

虽然用词有礼，但仿佛质问的语气让提欧很不是滋味。

“我叫提欧，是和魔法师希露卡缔结契约的可怜君主。”

“你和这种货色缔结了契约？”

女子惊讶地盯着希露卡。

“提欧大人有着崇高的理想……”

希露卡上气不接下气地回答。

她被盔甲挤压着，正挥动手脚不停挣扎。

“除此之外呢？”

女子追问。

“他，他有着非常崇高的理……”

说到一半，希露卡沉默了。

虽然内心感到些许不满，但提欧也很清楚自己没什么值得夸奖的才能。

“可怜的希露卡……”

女子抱着希露卡的头，把自己的脸贴了上去，然后开始猛地抚摸希露卡的头发——连希露卡绑好的辫子都被她揉散了。

“爱雪拉……别这样……”

虽然忍受了一阵子，但希露卡还是不禁提高音量如此说道。

提欧还是头一次看见希露卡困扰的模样。虽然暗自窃喜了一下，但他也明白这个被称为爱雪拉的女子绝对不是泛泛之辈。

“您是提欧大人对吧？既然希露卡因故侍奉您了，那我跟着侍奉您也是天经地义的。不过，您虽是主人，但若对希露卡做出什么不正经的事，可是要丢掉小命的，还请记住这点。”

爱雪拉转头向提欧说道。虽然表情没什么变化，但却带着货真价实的杀气。

“我愿意向所有神明起誓，绝对不会发生这种事……”

提欧说着，开始滔滔不绝地列出居住在各个神界里的神明。

在他列了十余位神明的名字后，爱雪拉开始感到疑惑。

“您该不会没有感受到希露卡的魅力吧？”

“幸好我没有。”

提欧点头说道。

虽然她笑的时候看起来很可爱，但那只是卑鄙的伎俩之一。

“您，您在说什么……”

爱雪拉这下露出了惊讶的表情。

“居然会有无法理解希露卡魅力的男人！”

“幸好我无法理解……”

提欧重复了一次。

“话说回来，在我们聊天的时候，敌人可是正步步逼近啊。”

“敌人？”

爱雪拉歪头不解。依依不舍地松开希露卡后，她询问起事情的来龙去脉。

“总之把他们都解决掉就行了吧？”

爱雪拉随口说出了可怕的事情。

“不，这次尽量不要夺走他们的性命。”

“好，就交给我吧。”

说完，爱雪拉敲了一下自己的胸口。是因为鳞甲的材质比想象中要柔软吗？高高隆起的胸口沉了下去又马上恢复过来，然后因反作用力摇了一会儿——其实鳞甲的形状是被她胸部撑出来的。

爱雪拉走到白马旁，卸下紧缠着锁链、分别挂在马匹两侧的箱子。箱里头传出尖锐的金属碰撞声。

与此同时，箱子的阴影处浮现出一个黑色的“块状物”。“块状物”原地转了几圈后瘫了下来，看起来好像就要渗进地面。

提欧一开始还以为那是狗，仔细端详后才发现应该是猫。

“巴尔迦礼殿下！”

希露卡连忙赶到猫的身边，将它抱了起来。

“余没事，只是眼睛有点花……”

猫说着人类的语言，尾巴还甩了两下。

“那是什么东西？”

提欧略显疑惑地看着会说人话的猫。

“提尔纳诺格界的猫妖精——凯特希。它拥有王位继承权，有朝一日会当上凯特希之王。”

希露卡抚着猫妖精的毛向提欧说明道。

“汝可要放尊重点呀……”

巴尔迦礼缩在希露卡的怀里，高傲地说着。

在这期间，爱雪拉打开了那两个箱子。箱子里整齐排列着长柄武器的枪头。

“一个骑士，五十个士兵，然后还有数个佣兵，要瘫痪而不是解决他们的话……”

爱雪拉嘟囔着挑选枪头，最后拿起其中一个——枪头的一侧呈锤状，另一则呈钩状，前端还有略短的枪尖。

“琉森战锤，就决定是你了。”

爱雪拉对着选好的枪头露出优雅的微笑。

她的举动，让提欧感觉脊背窜出一阵寒意。

爱雪拉拆下长柄武器原有的枪头，换上“战锤”——原来这把武器的枪头是可以拆卸的。就像在确认手感，她耍了一圈武器，然后以枪尾重击地面。

“好，就来跳支舞吧。”

听爱雪拉说得如此复古，希露卡点了点头。

这时，艾维因突然出现在希露卡身旁——真不知道他是什么时候跑来的。

“敌人即将抵达。不过，他们的魔法师走到一半就消失不见了。”

艾维因报告时的语气，就像在传达“晚餐已经准备完毕”一样平淡。

“光乃直进之物，但偶有拐行之时，不可视之物因而现形，可视之物得以匿踪……”

希露卡喃喃自语。

“应该是透明化的魔法。他会出什么招呢？”

看来莫雷诺不打算与君主一同作战。他应该打算先进行游击，观察局势后再发起突袭。

希露卡突然发现周边的混沌浓度提升了不少，这肯定是莫雷诺动的手脚。

（他打算施展高级魔法吗？还是说只是个幌子？）

在魔法师之间的对决中，魔法的能力固然重要，但洞察能力同样很重要。双方必须判断对手的意图，并趁隙加以反制，只有这样才能获得胜利。反过来说，若是误判了一丝细节，就可能失去生命。

（打算比魔法？那我接受就是了。）

希露卡准备进一步提升混沌的浓度。

她集中精神感受混沌，并挥舞魔法杖提升其浓度。混沌总在扭曲变异，所以魔法师能在短时间内调整混沌浓度的高低。

在目前这一带的混沌浓度下，能轻易发动高级魔法，而且威力也会得到提升。希露卡预想了好几种状况，并在脑中构思在各状况下最适合使用的魔法。

8

城堡建在山丘上，敌军来到山丘底部后，展开了一列横阵。

提欧背对城堡，依照希露卡指示，让士兵在自己前方列队。

爱雪拉戴上头盔，双手握着长柄战锤，面无表情地俯视敌军。她的英姿，宛如神界瓦尔哈拉的女武神瓦尔基里。爱雪拉或许是特意选择用这样的装备的。在佣兵的圈子里，瓦尔哈拉的神——奥丁、托尔等都是信仰的对象，而被视为神谕使者的瓦尔基里同样很受欢迎。

艾维因穿着平时的侍者服，怎么看都不像是要去打仗的样子，但希露卡很清楚他的衣服藏着好几把短剑。

希露卡则非常不情愿地换上了奥图克伯爵赠与她的法袍，因为魔法大学的校服实在是不利于活动。她在腰间挂了一柄细剑，手上则握着魔法杖，正谨慎地留意四周的动向。

敌方的魔法师莫雷诺尚未现出身影，看来仍专注地维持着透明化魔法。希露卡猜不出他会在何时现身、现身后采取什么行动。

提欧一方拥有艾维因和爱雪拉这两位强大无比的邪纹使，虽然士兵数量不及对手，但赢面相当的大。

只是，如果没能抵御敌人的偷袭，让提欧命丧敌手，那便是提欧一方的败北。希露卡打算让提欧一整天都坚守在现在的位置上，不希望他乱跑。

接下来，敌军终于展开行动了……

敌方的君主骑在马上拔出了剑。他先是把剑高高指向天空，然后一鼓作气往下挥，接着率先笔直冲上山丘。

敌方的佣兵队跟在君主身后，士兵则朝左右分成了两支部队——这代表他们打算利用人数优势实行包围战术。

“爱雪拉往左，艾维因对付中央，我去阻挡右边的敌人。”

希露卡下完指示后，挥了一下魔法杖。

“我来了！”

爱雪拉露出微笑，随即高高跃上半空，宛如真正的瓦尔基里降临于世上。

“那么，我回头再向您报告……”

艾维因说完，像滑行一样以惊人的速度展开行动，而且还听不到他的脚步声。

两位邪纹使都发动了脚上邪纹的力量。

希露卡踩着不疾不徐的步伐，握着魔法杖摆出架势。

“大地乃不动之物，但非永恒不变。海洋会化为陆地，陆地会化作山脉……”

希露卡双眼盯着山丘的斜坡，在脑中精细地勾勒出极为异样的景象。接着，她聚精会神……

“耸立吧！”

在高喊的同时，她将魔法杖水平一挥。

配合着魔法杖的动作，地面发出轰鸣，开始改变形状。

敌军踏着整齐步伐向前进，但前方的一列土地突然蹿起，形成一面与普通人身高差不多的土墙。敌军行进受阻，停下了步伐——不过，虽然传出动摇的议论声，但他们看起来并没有混乱。

察觉到土墙宽度有限后，敌军便不再试图攀爬，改为朝希露卡右手边前进。他们靠在肩上的长枪枪尖从土墙上露了出来，这让希露卡能够轻松地掌握敌人的位置。

莫雷诺在备战阶段训练过士兵，使得他们不惧怕魔法。

（虽然个性轻浮，但还是不容小觑呢。）

希露卡在日后也打算教导募来的士兵如何应对魔法。

要诀就是“不要聚在一起”以及“用远程武器反击”。魔法师并不是万能的，以一己之力对抗大量士兵，当然会有迎来极限的时候。

根据敌军的动向，希露卡改变了位置。

土墙的一端逐一现出敌军的身影，他们距离希露卡不到五十步。

士兵们握着小弩，但希露卡已经准备好咏唱下一个魔法了。

或许是认为来不及做好射击准备，打前锋的敌军士兵改握长枪发起突击。后方士兵遵从前方人员的判断，跟着跑了起来。

（若不能共享情报，就无法有效率地行动。虽然他们对魔法的了解不深，但很明白魔法的危险之处……）

因此，敌方的士兵才会立刻发起突击。

其实这一判断并没有错，虽然也有“停下脚步”的选择，但敌方君主应该下了“在左右迂回的同时发起突击”的命令，他们无法违抗。

（先让他们聚在一起，再让他们无法使用远程武器……）

用土墙魔法遮挡敌军的视线，逼迫他们改变行动路线——光是这样，希露卡就完成了上述的两件事。

“闪电乃连接阴与阳的电光之道……释放吧！”

成功吸引士兵的注意后，希露卡立刻发动魔法。

随着撕裂大气的轰鸣，希露卡的魔法杖前端迸出了一道蓝白色的电光。电光以不规则的路径前行，贯穿了呈一列纵队进行突击的士兵。

被闪电击中的士兵甚至来不及发出呻吟就瘫倒在地。一阵像是烤肉的异臭飘散开来，倒地的士兵身上冒出白烟。

看得出来敌方士兵失去了行动力，甚至没办法自行起身。希露卡本人则受到了魔法的些许反噬，但她记得这只会让身体痉挛一会儿，并不会留下后遗症。

（你们可别死了啊……）

虽然是自己亲手所为，但希露卡仍如此祈祷。

她并没有手下留情，而且周边的混沌浓度很高，魔法威力比平时更强，所以敌人运气不好的话有可能死去。说到底这并不是能一击毙命的强力魔法，敌方士兵因此丧失战意、掉头就跑那最好不过，但也能当作暂时夺去敌人行动力的一种手段。

希露卡打算回到提欧身边。

然而……

感受到类似杀气的气息，她连忙扑向地面。就在这时，希露卡的右后肩传来一阵火烧般的痛楚。

“哎呀，居然躲开了？我原本还希望能砍深一点呢。”

轻浮的话语传了出来，希露卡对这个声音隐约留有印象。

“莫雷诺学长，真是好久不见啊。”

希露卡滚了一圈，然后转过身子重新站了起来。

魔法师莫雷诺就在前方，刚才他在不知不觉间绕到了希露卡身后。

虽然右肩传来痛楚，但希露卡无暇分心。伤口晚点治疗也不迟，现在得解决眼前的魔法师。

“我还是第一次看见有人把闪电使得那么出神入化啊。话说回来，看到计划正顺利进行，任谁都会有开心得忘我的时候呢。”

虽然希露卡没打算放松警惕，但她确实没能在第一时间察觉到利用透明化魔法接近自己的莫雷诺。

肩上刀伤虽痛，但手臂能正常活动。虽然能感受到血液在渗出，但没有伤到重要的血管。

（他从一开始就打算对我下手？）

离开主人，对付的不是敌方君主，而是身为魔法师的自己，这让希露卡大感意外。

“现在这形势对我有利，投降吧，希露卡小妹。”

以前在魔法大学，莫雷诺搭讪的时候就是这样称呼希露卡的。希露卡记得当时她很讨厌这个称呼，还狠狠地瞪了回去。

“这样没问题吗？在对付我的时候，你的君主可能已经被打败了啊。”

希露卡试图用话语让莫雷诺产生动摇。

“我很明白整个战场的局势，你有强得吓人的部下呢。”

莫雷诺耸耸肩说道。

“都是托他们的福……”

希露卡在这一点上得对那两人表示感谢。艾维因自发地向她宣示忠诚，而爱雪拉与她的牵绊比普通的姐妹关系还要深。

“不过，如果把希露卡小妹抓起来当人质，这场胜利就是我们的了。那两个邪纹使看起来都是听你的话在行动，若少了你，你的君主应该成不了气候吧？”

莫雷诺的语气就像是赢了一样得意，但他没有放松警惕，长剑仍直指希露卡。

希露卡没有拔出细剑的机会，但右手还握着魔法杖——下一个魔法已经在她脑中描绘成形了。

“就算我不在身边，提欧大人也不会受爵位或领地束缚，他会凭自己的意志走上君主的正道。”

“这样的君主只会沦为他人的猎物呢。在这个时代，混沌已经相当少了，就算不刻意去清除，也能够让人过上普通的日子。只要完成皇印，战争就会立刻结束。就算混沌时代不会因此结束，但只要在战争结束后派兵攻打混沌浓度高的魔境就可以了吧？”

“没志气的王才不会想这么远呢。”

希露卡挑衅道。

“有没有志气对我来说没什么关系。我没有时间了，在你投降之前，我会一刀刀在你身上留下伤痕。”

“你以为我会投降？”

“不投降可是会死的啊。”

“请你等我死了之后再说这种话吧，虽然大概不会得到什么回应。”

“你依旧是那么倔强。好，我就试试看吧——我可是会试到你受不了为止啊。”

莫雷诺说着挥出一剑。

这一击又准又狠，比起大学时代，他的实力更上一层楼。

（看来就算是拿细剑也对付不了他呢。）

希露卡往后一跳，躲过了攻击，但莫雷诺随即发起追击。

“偏开吧！”

希露卡挥下右手的魔法仗。

莫雷诺的剑就像被无形的刀刃打偏一样失去了准头，没能命中目标。

“是静动魔法啊……”

莫雷诺嗤之以鼻。

“这种魔法在我的预料之内，但你还能撑多久呢？施展魔法相当消耗体力，你很快就会累得无法动弹了吧？”

“如果这样就累得垮下，只能说没有魔法的才能。”

希露卡并没有说谎，但就算是她也无法不停使用魔法。虽然很不甘心，但她现在只能尽量拖延时间，等待爱雪拉或艾维因赶回来保护自己。然而，此时的希露卡还不知道，那两个人遇到了出乎预料的状况，无法从战场上抽身……

9

身穿银白鳞甲的黑发女战士高高跃起，以单膝跪地的姿势着地。她的动作掀起一阵巨响，扬起一片沙尘。

然后，女战士优雅地站起身子……

“由我送诸位上黄泉路吧。”

她用复古的言辞绕着圈子说道。

（这女人是怎么回事？）

效忠骑士拉席克·达彼多的年轻小队长培托尔看见眼前的景象后，不禁感到一阵战栗，仿佛全身的汗毛都竖了起来。

女战士没被盔甲覆盖的肌肤上浮现出漆黑的图案，那便是邪纹。她之所以跳起来要比普通人高不少，想必就是因为邪纹。

（不管怎么看都很不妙啊。）

培托尔提高警惕，他举高右手，让士兵们停了下来。

“请大家保持距离包围她，别鲁莽地冲上去！”

虽然率领着士兵，但因为年纪轻，所以培托尔说起话来相当客气。

“咦，你们不过来吗？”

女战士愣愣地问道。

（谁要过去啊！）

培托尔在心中回答。

要是靠过去，肯定只有死路一条，既然如此，就只能尽量把她拖在原地了。

“呀啊！”

培托尔架起长枪，高声大喊，但喊得不太有劲——他一向不擅长高声呐喊。

“这样啊，那就我过去吧。”

女战士横握手上的长柄武器，用力一蹬便拉近了双方之间的距离。

“大家后退！”

在下令的同时，培托尔本人也快步退后。

“咦，要逃了吗？”

因为长柄武器扑了个空，女战士不开心地看向枪头。

（当然要逃啊！）

长柄武器的前端附有铁锤，要是被她猛然击中，一定会变成“烂泥”。

培托尔是农家的三男，他一直没有继承家业的念头，想前往大都市找工作。但是，村子的领主拉席克不知为何看上了培托尔，在培托尔十三岁的时候雇用了他。培托尔平时在城堡打杂，有空就会被叫去参加战斗训练，后来还学会了读写和礼仪。

“我以后会让你成为君主。”

雇用培托尔后，拉席克就常和他说这句话。

“再过不久就会爆发一场大战，做足准备的人将会扩大领地，没做准备的人则会失去领土。我将来至少会成为统治一国的君主，所以只要你足够努力，我就可以给你足够高的爵位。”

拉席克说得自信满满，培托尔相信了。

但现实和理想终究是不同的。

（我该不会死在这里吧？）

培托尔的武艺还算过得去，在模拟战中自认为学了一些与战术有关的知识。然而，他却没学过如何应对不把数十个敌兵当一回事，单枪匹马杀过来的邪纹使。

“哎呀！”

培托尔再次发出不太有劲的喊声。

“步调被打乱了呢。”

女战士嘟囔道。

只见她突然向后一跃，并在回头的同时刺出手中武器，用枪尖贯穿了一个士兵的大腿。

“呃啊！”

士兵惨叫着倒地。

“大家散开！”

培托尔下指示。

士兵们要根据年轻的培托尔的命令行事，若是不从，便会被拉席克用铁拳进行制裁，契约魔法师莫雷诺还会把他们叫去叨念好一阵子。

在逃跑的士兵中，又有两人被戳穿脚部，跌倒在地。

（她不打算杀人吗？）

培托尔不禁如此心想。若真是如此，那他的运气还算不错，但被用力一戳，肯定痛得要命。

（我不想死，而且还怕痛啊。）

既然情况就是这样，他只能逃了。虽说人有拼上性命全力一搏的时候，但培托尔怎么想都不觉得会是此时此刻。

“包围她！”

培托尔再次向士兵下令。

完成包围后，他打算再次发出没什么气势的喊声。

“糟，糟糕，使不上力……”

女战士看起来有些困惑——既然这样，现在就是好机会。

“原因出在你身上吗？”

她向培托尔高高一跃。

女战士举起长柄武器，打算用铁锤砸向培托尔头部。怎么看这都是置人于死地的一击。

培托尔将枪尾抵在地上，把枪尖对准女战士。他尽可能地仰起身子，并在心中祈祷长枪能先一步贯穿女战士。培托尔摆出了对付骑兵冲锋的架势，但长枪最后并没有命中目标——女战士改变了下坠的轨道。

（居然还能这样？）

培托尔在心中大吼。

（该死的混沌！）

正因为世界充斥着混沌，将混沌烙在身上的邪纹使才有办法做出超乎常理的动作。

“你很拼命呢。”

突然接近培托尔后，女战士伸出双手捧着他的脸颊，亲了他的嘴唇。

然而就在下一秒，女战士的双手滑至培托尔颈部，然后绞了起来。培托尔感觉到眼前一片昏暗，意识也开始模糊。

“请……请连我一起刺穿吧！”

培托尔拼了命地大声呐喊。

受过训练的士兵毫不犹豫地执行命令。

女战士连忙抽身，并一口气挡开了从四面八方刺来的长枪。

培托尔一边咳嗽，一边跌跌撞撞地和女战士拉开距离。

“退……退开吧！”

接着，他再次向士兵下令。

“真是嚣张……”

女战士对培托尔说道。

“不过，我喜欢上你了。我叫爱雪拉，这场仗打完后，我们就交个朋友吧。”

培托尔咳得更厉害了……

我死也不要——他同时在心中这么想着。

此后，培托尔不禁开始思考这场战争究竟何时才会落幕，并在心中感到一阵绝望。

“哎呀！”

重新握好长枪，培托尔再次发出感觉很没劲的喊声。

“这家伙是来干什么的？”

看到身穿黑色正装、踏着无声步伐的长发男子正高速接近自己，拉席克不禁拉高了声调。

“拉席克大人，还有在场诸位，欢迎莅临此地。”

拉近距离后，黑衣男子停下脚步，优雅地行了一礼。

“本人名为艾维因，是希露卡大小姐的侍者。女主人有交代，要我万万不可怠慢各位，因此……”

就像变魔术一样，黑衣男子转眼间便拿出两把短剑，然后摆出了架势。

“就由我来对付诸位。”

“你是影子？”

在邪纹使的圈子里，使用特殊能力侍奉主人的人被称为“影子”。

“我只是一介侍者。”

“看来是最难应付的家伙啊……”

拉席克咂舌。所谓侍者，就是为主人做尽各种事情的家伙，他们可以是刺客、密探，也可以是山贼。既然黑衣男子自称侍者，就代表实力不容小觑，把他视作极为强大的邪纹使也并无不妥。

（为什么这个侍者会效忠于魔法师呢？）

拉席克面带苦涩。就在这时，他认出了黑衣男子的长相。

（我记得他是马帝亚斯大公的亲信……）

从父亲手中接过圣印的时候，拉席克曾去拜见贝多利德的马帝亚斯·克莱榭大公，当时这位男子就在大公身旁。

（这是怎么回事？）

总之，拉席克知道自己对上了最棘手的敌人。

“葛拉柯队长！”

拉席克向站在他身旁的魁梧佣兵队长葛拉柯喊道。

“嗯！”

葛拉柯以浑厚的声音回应，接着发动了邪纹之力，肌肤的颜色随即变得黯淡无光。

“阁下派出的是‘以太’吗？从肤色上看，这位颇不好对付呢。”

黑衣男子眯细了眼睛。

“别被他的动作骗了，就算拉开距离，也要想着他随时会把短剑扔过来。”

和五位佣兵说完话后，拉席克下了马。他的父亲曾在某个佣兵团里担任团长，这五个人便是佣兵团基于当时的情面派遣过来的。由于阿雷克西斯·德赛和玛丽娜·克莱榭订了婚，到处都在传同盟和联邦将不会爆发大战的消息，所以佣兵团险些失去立足之地，而拉席克在当时以相当低的价格雇用了他们。不过，他们的战斗力并不弱，尤其队长还是一位烙下了大量混沌的邪纹使。

“您似乎对我的本事做了一番调查呢。”

“因为我希望以后身边能有一两个侍者啊。”

拉席克扬起嘴角笑道。

“就让我试试你有多少能耐吧。”

“希露卡大小姐总是夸我很有能耐，说我料理、打扫、洗衣都做得完美无缺。”

说完，黑衣男子踏着滑行般的步伐缩短距离，向拉席克刺出右手的短剑。

拉席克挥剑挡开这一击，接着还处理了艾维因发起的连续追击。

“真是好身手。”

黑衣男睁大了眼睛。

“因为我父亲教过我各种武器的用法。”

拉席克的父亲虽是佣兵团团长，但一生从未烙过邪纹，因为他总是梦想着有一天能当上君主。

因此，拉席克的父亲并不是佣兵团里最厉害的人。他精通各种武器的用法，教导、锻炼年轻的佣兵，让成员们都能独当一面。除此之外，他还制定了“五至十人一个编队，接到委托就立刻去办”的规矩。就这样，拉席克的父亲累积了一笔财富。上了年纪后，他开始侍奉君主，最后受到信赖，继承了圣印。

他的儿子拉席克虽然只是统治两个村子的骑士，但已经有了爵位，财力也远胜周边的领主。

“如此一来，我似乎也得拿出真本事了呢。”

黑衣男子说完，看也不看就直接投出了左手的短剑。一位疏于防范的佣兵喉咙被短剑击中，当场死亡。

“我不是说要小心了吗？”

拉席克怒吼。

“你这该死的家伙！”

一位手持斧头的佣兵咆哮着扑了上去。

“蠢货！”

拉席克咂舌。

黑衣男子只是稍稍侧身，就躲过了这一记猛击。接着，就像要缠住佣兵一样，他绕到对手的身后。只见黑衣男子一边默默祈祷，一边将手中短剑划过佣兵的脖子。鲜血四溅，佣兵睁着眼睛断气了。

“葛拉柯队长，我们两个一起上！”

“哼。”

队长点头。因为皮肤已如钢铁般坚硬，他连活动嘴巴都相当困难，所以大致上都是用鼻音进行回应。习惯还真是可怕，光是这么一声，拉席克就完全明白队长的意图了。

葛拉柯张开双臂，以满是破绽的动作冲向黑衣男子。

黑衣男子对准葛拉柯的喉咙投出短剑。短剑虽准确命中目标，但随着尖锐的金属摩擦声，最后弹到了拉席克脚边。

“果然不管用啊……”

“哼！”

葛拉柯张开双臂转了一圈，铁锤般的重拳朝目标头部袭去。

不过，黑衣男子身体后仰躲过了这一击。接着，就像是为了取回平衡，他双手交叉着投出短剑。两把短剑朝队长的双眼疾飞而去。

葛拉柯连忙伸臂护脸，但还是慢了一步——其中一把短剑刺中了他的右眼。

“呜嘎！”

葛拉柯撕扯着嗓子哀嚎，同时伸手拔出短剑。即使短剑仍刺在眼球上，他依旧不把这当一回事，拔出来后随手便扔到了地上。

“混账！”

拉席克怒火中烧，挥剑砍去。发动邪纹会对身体带来极大的负担，黑衣男子不可能一直维持超人般的身手。

拉席克发动自己的圣印，他的剑刃发出光芒，身体变得轻盈灵活。

（看来要打上好一阵子了。）

拉席克做好了心理准备。

结果如他所想，与葛拉柯联手对付黑衣男子的这场战斗，持续了很久很久。

10

希露卡施展魔法，让自己在莫雷诺的剑下撑了好一阵子。

然而，不管她怎么撑，爱雪拉和艾维因仍没有回来。希露卡开始感到疲劳，精力即将涣散。

另一方面，莫雷诺同样感到焦急。他以为希露卡很快就会体力不支，没想到希露卡却持续使用魔法弹开每一次剑击。莫雷诺担心再这样拖延下去，拉席克搞不好会败给那个强大无比的邪纹使。

“开始喘气了吗？”

莫雷诺刻意露出自信的笑容说道。

“学长才是，剑慢下来了呢。”

希露卡面无表情地回答。

虽然希露卡知道自己快撑不住了，但要是在这里投降，就会输掉这场仗。提欧姑且不论，爱雪拉和艾维因都会因她而放弃战斗。

（如果我死掉了……）

艾维因应该会寻找下一个主人，而爱雪拉则会在盛怒之下解决掉所有敌人吧。虽然不知道提欧会有什么行动，但他肯定会变得孤立无援。

（我不能死……）

在因疲惫而倒下之前，她得坚持下去。

就在这时……

“你在干什么啊？”

稍远处传来提欧的声音。

趁着小小的空隙朝传出声音的方向看去，希露卡发现提欧正率领士兵跑向自己。

“提欧大人？”

她有些吃惊，因为从未想过自己的君主会赶来救援。

“我陷入苦战了。”

希露卡老实地回答。

“就算站在远处，我也看得出来。帮你一把应该没关系吧？”

“咦，您愿意帮我吗？”

希露卡刻意表现出吃了一惊的样子。

“因为你上次说不需要我帮忙的啊。”

“这次和上次的情况不一样！我会好好向您道谢的。”

希露卡不高兴地说道。

她之所以生气，不是因为提欧的话，而因为自己。

提欧跑了过去，挡在希露卡身前。他举起盾牌，拔出长剑水平一挥，右手的圣印随即发出光芒。圣印的光芒渗入了他的剑、盾牌与胸口。

“抱歉，让您操心了……”

希露卡垂首说道。

“不，我是君主，这是我的战斗，我应该早一步行动的。”

“这是提欧大人第一次上战场吗？”

“是第一次啊。不过，判断哪边处于劣势应该没这么难吧？”

“这样啊……”

希露卡表面点头同意，心里大吃一惊。

要正确地判断战况，其实比想象中难。因此，魔法大学反复举办沙盘推演和模拟战，好让学生习惯战争，甚至还开设了训练学生忍受战场惨况的课程。

希露卡原以为提欧出战会让局面变得不利，所以希望他能按兵不动。但就目前的情况来说，希露卡似乎太小看他了。

“你们几个去把倒在地上的敌兵绑起来当作俘虏。虽然他们应该无力抵抗，但千万不可大意。”

呼了口气后，希露卡便对那些不知所措的士兵下了命令。

就算一直提醒自己不要大意，也可能会像现在这样处于下风，她深切地感受到战场有多么瞬息万变。就算在大学学习过，希露卡仍有很多不懂的地方，她甚至差点因自己的疏忽输掉这

场仗。

看见士兵前去执行命令，希露卡把视线转到提欧身上。

此时，提欧已经将疲惫的莫雷诺逼入绝境。

“好了，你是不是该投降了？”

提欧在挥剑的同时对莫雷诺说道。

“你以为……凭这种身手……就能打赢我吗？”

莫雷诺一边接下提欧的斩击，一边气喘吁吁地回应。

“我会赢的，你已经喘不过气，就连脚步也不稳了。”

“和拉席克大人相比……你的剑术……就和小婴儿……没两样！”

“但现在和我打的人可是你啊。”

提欧举盾推进，打算将莫雷诺撂倒。

莫雷诺侧跳躲避，但双脚一软，顿时失去平衡。提欧上前一斩，在莫雷诺的右颊上留下一道浅浅的伤痕。

“唔！”

莫雷诺呻吟了一声。

“学长，再不投降的话，可是会留下很多刀伤的啊。”

希露卡刻意挖苦道。

“我……不投降！因为……我不能……输在这里！”

莫雷诺放声大喊，竭尽全力试图反击。

这是非常猛烈的一击，希露卡还以为提欧要被砍中了。不过，提欧并没有放松警惕，用盾牌格挡后，他跨步向前，举盾突击。

莫雷诺上半身向后倾倒，手中的剑在半空中飞舞。

“糟了！”

莫雷诺打算伸手抓向武器，但提欧迅速挥剑，把对手的剑

打到远处。打算前去取回武器的莫雷诺，被提欧的剑挡住去路。

“学长？”

希露卡再次向他搭话。

“吵死了！我正在整理情绪啊！”

莫雷诺不悦地回应道。

他犹豫了一下，最后高举双手。

“是我输了，就任你处置吧。”

“提欧大人，您打算怎么做？”

“我方那两人似乎也陷入了苦战，我想将这个魔法师抓起来带到对方君主面前，让他主动投降。”

“让拉席克大人投降？”

莫雷诺嗤之以鼻。

“那个野心勃勃的男人，才不会因契约魔法师被抓而选择投降……”

“只要让他知道你帮不了他就好。虽说陷入苦战，但我们那两个人都不会这么容易败北——那两个人根本就是超人啊。”

提欧这下终于明白她所说的“胜券在握”是什么意思了。之所以陷入苦战，单纯只是因为对方比想象中更能撑而已。

在这之后，提欧押着莫雷诺回到城堡正门前。

“邻地的君主！我已抓到你的魔法师了！”

提欧的声音响彻整座山丘，虽然有些尖，但洪亮且清晰。

（这也是君主必备的资质呢。）

希露卡在心中感到满意。

接着，她绷起脸站到提欧身旁。老实说，希露卡已经没力气施展魔法了，但她不能让对方有所察觉。

“莫雷诺！”

此时，拉席克仍在与那位能力惊人的邪纹使进行看不见终点的战斗，培托尔的队伍因遇到另一位邪纹使而陷入苦战，剩下的一支队伍则被女魔法师瘫痪。而被拉席克寄予厚望的莫雷诺，如今落入了敌方手里。

（看来是没办法了……）

拉席克知道自己输了。

不过，他倒是不怎么感到后悔。能遇到这等强敌，甚至可以用“奇迹”来形容。若单纯看这场仗，拉席克的运气可说是相当不好，但从大局上看，这可是他千载难逢的好运气。

“全军投降！”

拉席克大声呐喊，并将剑扔到地上。

葛拉柯队长和另一位佣兵跟着放下了武器，而包围女战士的培托尔小队则解除架势，慢慢退回山丘底部。

此后，拉席克在黑衣男子的带领下来到敌方君主面前。

“虽然我没资格提条件，但可以的话，我想从属于阁下。”

拉席克在提欧面前单膝跪地，如此说道。

“想从属于我？”

提欧吃了一惊，转头看向希露卡征求意见。

“我认为您接受比较妥当。”

希露卡由衷地说道。

事实上，她从一开始就是这么打算的，但没料到会陷入苦战。拉席克他们若能成为同伴，心里就踏实多了。虽然拉席克看起来颇具野心，但如果手下没有一个像他这样的人，那么将来就连守护、扩张领地，以及保护、提升圣印都做不到。若只是怀有野心，应该不会与提欧的理想产生冲突。

“您打算舍弃野心吗？”

莫雷诺露出难以置信的表情询问拉席克。

“我才不会舍弃。就是因为无法舍弃，我才想要从属于他。只要我侍奉这个君主，和周边地区开战就能稳赢不输。如果能与附近隶属联邦的国家合作，征服赛维思、克洛维斯以及南方的佛比司这些同盟国家也不再是梦。我的野心没有大到想成为统治大陆的王，即使依附在他人之下，只要能治理一个国家，我就很满足了。”

“想不到您的野心并不大……”

“我也就只有这么点能耐而已。虽然目标不大，但凭我一个人是无法达成的，所以我才会找上你。”

“拉席克大人……”

莫雷诺哑口无言，过了好一会儿才深深低下头。

“真是抱歉，都怪我不中用……”

“看来学长也和一位优秀的君主缔结契约了呢。”

希露卡用带着些许戏谑的语气说道。

“学长，虽然你说抓到我就能结束这场战争，但战争在最后却是因你被抓而落下帷幕呢。”

莫雷诺转头看向希露卡，轻声嘟囔道：

“你这件法袍还真是好看。”

希露卡大吃一惊，连忙用斗篷遮住身体。虽然现在才想起来已经太迟，但她身上穿着的可是奥图克伯爵所送的那件法袍。

不仅如此，她还以这身打扮和莫雷诺交手。

希露卡的脸越来越红。

之后，当场举行了圣印的从属仪式，拉席克·达彼多就此成为提欧的从属君主。

虽然拉席克只是治理着两个村庄的骑士，但他的圣印之力强大得令人吃惊——看来他只是因为在周边没找到符合他爵位的领地而已。

“恭喜您。”

确认提欧的圣印大幅成长后，希露卡略显惊讶地说道：

“您现在已经是男爵了。”

听到这句话，提欧不禁开始怀疑自己的耳朵。

“我……成了男爵？”

他愣在原地。

如今，提欧成了在克洛维斯与赛维思的边界上统治着五个村庄的领主。对上述两个国家来说，提欧一方已经成了不容忽视的势力。

然而，这也代表着提欧将面临更大的战事……

第三章 灾厄

1

提欧与赛维思的骑士——拉席克·达彼多的战争结束了。

虽然提欧他们获得了胜利，但战斗过程非常艰难，超出了希露卡的想象。之所以这样，是因为拉席克本人身手不凡，麾下的士兵与雇来的佣兵都相当优秀，而且他的契约魔法师莫雷诺还大胆地采取了直接攻击希露卡的奇策。

拉席克和莫雷诺此时正在提欧城堡的大厅内，与提欧他们共进晚餐。

白天是战斗的对手，晚上却同席而食，说起来确实是挺奇怪的，但君主之间的战争就是这么回事。如今，拉席克是提欧下属的骑士，而提欧的爵位则上升至男爵。

希露卡忙着善后，直到刚刚才告一段落。她不仅要埋葬死者、施展魔法治疗伤患，还得定下此后的各种行动方针。

在希露卡的请求下，拉席克将一个叫培托尔的年轻小队长交给她去指挥。在与有着骇人实力的邪纹使——爱雪拉交手时，培托尔毫不胆怯，他没有鲁莽出击，还采取了稳扎稳打的战术，是一个优秀的年轻人。

此外，拉席克也同意让提欧雇用他的佣兵队。由于有两位佣兵战死，所以成了一支三人小队。这支佣兵队是以艾拉姆为根据地的知名佣兵团旗下的分队，队长葛拉柯烙有能让全身硬如钢铁的邪纹，就连曾担任马帝亚斯·克莱榭大公的密探，在大公身边进行护卫的艾维因也无法击倒他。

葛拉柯的右眼虽然被艾维因的短剑刨了出来，但希露卡找回了受损的眼球，她用生命魔法进行治疗，并将其放回眼窝。由于神经尚未连接，所以葛拉柯的右眼仍看不见东西，但再过一阵子就能恢复。

拉席克麾下的士兵在城外休憩，目前正享用着晚餐。

希露卡打算让拉席克、莫雷诺以及他们的士兵留在这边一阵子。

“就算将拉席克大人战败的消息散播出去，也不见得其他领主就不会盯上这个空子……”

希露卡用完餐后，喝着艾维因泡的茶如此解释道。

围坐在桌旁的，就只有她、提欧、拉席克、莫雷诺四人。

艾维因负责做晚餐，目前正忙着上菜——真不知道他一个人完成了多少个人的工作。爱雪拉在城外和佣兵、士兵共享晚餐。两军的君主建立了主从关系，所以这些士兵已是自己人，接下来将要一起战斗。

凯特希族的巴尔迦礼被爱雪拉拖了过去，它倒竖毛发、膨起尾巴的模样实在让人难忘。

“既然如此，让拉席克阁下回自己的领地不是更好吗？”

提欧看起来有些慌张。

“不，希露卡小姐应该是在期待其他人找上门来。我想，应该不会有人相信我是自愿成为从属君主的，他们都会认为我被俘虏了。如此一来，在我们刚结束战斗的现在，正是发起进攻的大好时机。那些领主可能会攻打我的领地，也可能会侵略这里。”

“原来如此……”

提欧点点头，皱起眉头。

“没想到君主都这么好战啊。”

“一般来说是不会这样的，但现在局势不同了。原本大工房同盟和幻想诗联邦签订了停战协议，再过不久大陆就会统一。但在大礼堂惨案后，和平的局面被打破。眼下很有可能发生战乱，这个国家的独立君主都惶惶不安。在这种情况下，很容易就会爆发战争。”

“这不正是拉席克大人盼望的时代吗？”

莫雷诺调侃道。

“对我来说是这样没错。话说回来，我本来就打算攻打米德里克的领地。他治理无方，也不做好战争的准备，还被领民嫌弃。一旦爆发大战，这样的君主肯定活不了多久。”

“能趁机淘汰无能的君主再好不过，但即使是有能力的君主，欠缺运气的话也无法活下来。像这次与提欧大人进行的战争，您正是因为运气不佳才会败下阵来。”

“不，我不这么认为。当然，我讨厌战败，也不希望从属于他人，但我看到了更大的可能性。这一带被弱小的领主割据，战事从未停歇。在状况依旧的现在，只要进退得宜，成为这片地区的霸主并非空谈。若进展得顺利，提欧阁下的爵位应该会升为伯爵。”

“伯爵？”

提欧倒吸一口气。

伯爵可是上流贵族，大陆上拥有伯爵爵位的人屈指可数。

“请容我向拉席克大人说明一句，提欧大人为的不是扩大领地。”

希露卡沉稳地说道。

“那为的是什么？”

“西诗提那是提欧大人的故乡，那里残留着许多魔境，人民深受暴政所苦。提欧大人为的就是推翻西诗提那领主——罗锡尼子爵的统治，拯救人民于水火之中。”

“西诗提那？”

拉席克略显惊讶。

“那不是隶属幻想诗联邦的岛屿吗？若是打算推翻罗锡尼子爵的统治，你们在联邦里的位置也会不保吧？”

“您说得没错。因此，我们终有一天要转投同盟。如果顺利，提欧大人将在此之后达成回到西诗提那的目的，与罗锡尼子爵展开对决……”

“我还是第一次听说这样安排的呢。”

提欧苦笑道。

“很抱歉未事先向您说明。我原本打算等一切上了轨道后再向您进言，但为了让拉席克大人站在我们这边，我认为至少也得让他知道提欧大人的目的。除此之外，我还有一个提案。”

“尽管说吧……”

提欧耸耸肩。

“提欧大人现在已经是男爵了，既然如此，不如就趁机决定家名吧。”

“家名？”

“咦，难道您已经有家名了吗？”

希露卡刻意装出大吃一惊的样子。

能自报家名的只有君主、大地主或大商人，庶民通常都是用村名或是父母的名字作为家名。

“怎么可能有啊，我就只是个平凡的提欧而已。”

提欧闷闷不乐地说道。

“这我就安心了。那么，提欧大人，还请您之后以‘柯涅洛’为家名。”

希露卡把手放在胸前说道。

“柯涅洛？”

提欧神色一变。

“您知道这个名字？”

“这是当然的吧？柯涅洛这个家名在西诗提那无人不知无人不晓。”

“这是谁的家名啊？”

拉席克问道。

“这是西诗提那的英雄——裘德的家名。裘德·柯涅洛在约两百年前统一了西诗提那岛，并为铲除岛上各处魔境而带兵征战。但是，他在征战的过程中不幸殒命。裘德的遗志传承了三个世代，但终究无法消除所有魔境。从属的君主对连年征战感到不满，最后掀起了反旗，柯涅洛家在一百多年前彻底灭亡。之后，他们开始相互争斗，取得最终胜利的便是现任领主所属的罗锡尼家。罗锡尼家的人无意铲除魔境，甚至放弃治理边境地区。不仅如此，他们还用与掠夺无异的手段向民众征税。”

“罗锡尼的暴政是出了名的呢。原来如此，既然是西诗提那出身，那我也理解你为什么会想推翻他的统治。所以，你打算自称英雄的后人？”

“我并没有这样的打算，我不喜欢说这种谎。”

提欧慌张地说道。

“您无须说谎。提欧大人是白手起家的贵族，仅仅是以故乡英雄的名字作为家名而已。您大可光明正大地主张自己与柯涅洛家毫无血缘关系。”

“即使如此，罗锡尼子爵也会视你为眼中钉，而故乡的民众则会自顾自地开始想象英雄凯旋的光景。”

莫雷诺傻眼地看着希露卡。

“这是没办法的事。”

希露卡耸了耸纤细的肩膀。

“的确是没有说谎啊……”

拉席克不禁笑了出来。

“不过，我家的家名其实也差不多。父亲在成为骑士后，把当地曾经的一位君主的家名拿去用了。好像是看到一座颇具历史的墓碑，然后喜欢上了刻在上面的名字。说起来，那位君主的事迹根本就没有流传下来啊，也不知道是个怎样的人。”

“你还真是不择手段啊。”

提欧两肘抵着桌面，把交握的双手贴在额头上，然后深深地叹了口气。

“我进行过挑选啊。若是伤了提欧大人的名声，那就相当不妙了。”

就像在表达“你怎么会这么想”一样，希露卡大大地张开双手。

“虽然我没什么名声可以被伤害……”

提欧抬起脸，苦笑着说道：

“不过，我明白你的意思了，这很合我意。像这样直接向罗锡尼发起挑战挺不错的，我要让他明白，被他统治的民众究竟有多痛恨他。”

“我明白提欧阁下的最终目标是西诗提那了，但这边的领地要怎么办呢？”

拉席克认真地提问。

“我们会割让出去。或许终有一天，这片土地会由拉席克大人来接管。”

希露卡回答。

“嗯，听起来是蛮不错的……”

拉席克嘴上表示赞同，脸上却露出无法接受的神情。

“西诗提那虽然是子爵的领地，但不仅土地贫瘠，而且附近那充满混沌漩涡的海域还被称为‘船之坟场’。就算是当上了那边的领主，恐怕你也无法继续扩张领地啊。”

“如希露卡先前所说，让西诗提那的民众从罗锡尼的统治、混沌的支配下解放出来——我的愿望就只是这样而已。”

提欧对拉席克笑了笑。

“我还以为接下来我们将归属于联邦，然后四处扩张领地呢。”

对拉席克来说，提欧是他的主子，但主子的最终目标却只是一处属于子爵的领地，这无法满足他的野心。

“就算真的爆发大战，我也不认为幻想诗联邦会是取胜的一方。即便扩张了领地，若无法在大战结束前守下来，那就没有意义……”

希露卡淡淡地说道。

“所以，我认为接下来有转投同盟的必要性，转投后再并吞联邦的领地就好。拉席克大人以统治一个小国为目标，我认为这相当有可能实现。当然，在这一点上我们会出手相助。”

希露卡是认真的。

第一场仗就对上拉席克这样的人，虽然可说是提欧和希露卡不走运，但收归麾下后，他便成了足以信赖的战力。拉席克虽然是个野心勃勃的人，但却不会玩弄阴谋。他崇尚武道，认为通过战功提升爵位才是正道。

“莫雷诺，你怎么想？”

拉席克向自己的契约魔法师询问意见。

“关于这点，就君主的器量来说，玛丽娜大人胜于阿雷克西斯大人，在军力方面也是同盟大占上风。就现状而言，硬要说哪一方占优的话，应该还是同盟吧。”

“而且，同盟盟主玛丽娜大人的魔法师领班，正是我的养父——奥贝斯特·梅连提丝。”

“是你的父亲？”

提欧似乎相当惊讶。

“是我的养父。”

希露卡点头说道。

“魔法师在进入魔法学校学习的时候，必须与自己的出生家庭断绝关系，并成为某个魔法师的养子或养女。之后，学生将得到收养他们的魔法师的姓氏——这一姓氏，代表了魔法师所属的派系。梅连提丝是名门，该派系目前的掌门人捷亚司大人，还是贤人委员会中的一员呢。”

莫雷诺如此补充。

“只要养父大人还在玛丽娜大人身边，同盟就没有败北的可能。”

希露卡神采飞扬地说道。

提欧总觉得自己是头一次看见她露出这样的表情。

“你这么肯定吗？”

莫雷诺惊呆了。

“即使同盟目前占据上风，但未来的事谁也不敢肯定。俗话说‘风暴是蝴蝶轻掀翅膀所致’，说不定一个小小的事件，就会让同盟分崩离析。”

“未来确实是无法预测的，不过我也认为同盟目前比较有优势……”

拉席克看着酒杯中的啤酒说道。

“也就是说，我们必须在不惹恼同盟的前提下战斗。但如果面对的是那些趁我不在领地就想发起进攻的君主，就可以毫不客气地反过来抢夺他们的圣印与领地，我没说错吧？”

“正是如此。”

希露卡用力地点头。

“所以你们才会引诱别人攻打自己吗？”

莫雷诺耸了耸肩。

“要怪就要怪对方自愿上钩——就像我们一样。”

拉席克大笑道。

“说得没错……”

莫雷诺叹了口气。

“在我的领地附近，有四位只统治了一个村庄的领主。他们都与我领地原来的领主颇有交情，并对我父亲继承圣印一事感到不满。他们或许会组成联军攻过来。”

“或许会这样……”

事情将按希露卡的计划发展，让莫雷诺有些许不是滋味。

对方认为希露卡他们打着联邦的旗号在扩张领土，所以选择在提欧等人整顿完毕前出兵，这可说是再当然不过的判断。

2

然后，事情真的朝向希露卡所预测的方向发展了。

四位君主宣称要取回被拉席克父亲篡夺的领地，各自率领数十个士兵发起进攻。在那四位君主之中，有两人与领地的前任领主是远亲，并主张只有自己拥有正统的领地所有权。

听到这样的报告后，希露卡窃笑。

“若他们以这种理由出兵，那么拉席克大人就有行动的依据了。”

若他们要求的是“解放成为从属领主的拉席克”，希露卡就打算只带提欧麾下的士兵迎战。由于这样做会陷入以寡敌多的状况，所以势必又要让艾维因和爱雪拉扛下重担上战场。

不过，如果对方为的是夺取拉席克的领地，那这反而成了拉席克的战斗。

提欧和拉席克的军队携手出战，没过多久就分出了胜负。

敌方有四位君主，一位阵亡，两位被俘，最后一位则抛下领地逃跑了。

因为阵亡的那位君主是被拉席克解决的，所以那枚圣印就由拉席克夺走。两位被俘的君主，一位希望能成为从属君主，提欧同意了，另一位则被提欧取走圣印并逐出领地。

之后，拉席克巡视了那四位君主的领地，接收了他们所住的城堡。拉席克原本就怀有扩张领土的野心，所以这些工作做起来得心应手。

如此一来，提欧领地又增加了四个村庄，虽然离子爵还有很大一段距离，但他们已经是夹在赛维思和克洛维斯之间的一大势力了。

希露卡派遣使者拜访周边的领主，再次说明米德里克家因违反协约而被提欧夺走领地，以及拉席克的父亲是在正规手续下继承领地的合法领主。除此之外，也一并解释了此前的战斗，源于附近君主想篡夺拉席克领地的不正当行为。提欧为拉席克提供了协助，两人的主从关系因此更加牢不可破。最后还表明了提欧与拉席克无意扩张领土，希望能与赛维思王和克洛维斯王达成和解的态度。

接着，在征得拉席克同意后，希露卡决定让莫雷诺担任与赛维思王谈判的使者。

这样做，是希望莫雷洛为加入同盟而进行斡旋，让赛维思王承认提欧对领地的所有权以及独立。

不过……

“想必会是一场艰难的交涉……”

莫雷诺看起来没什么兴致。

“赛维思王——纳维尔·杰尔杰子爵性格刚烈，只要激动起来就会失去冷静，态度也会越来越强硬。听说他曾因鸡毛蒜皮的小事夺去首任夫人的性命。他是真心想要统一赛维思，恐怕不会同意我们独立。”

莫雷诺和他见过一次面，但那并不是什么美好的回忆。赛维思王不太喜欢魔法师，而莫雷诺轻佻的性格也让他相当反感。

“虽然听说过传闻，但原来他就是这样一个人啊……”

希露卡想了想，为莫雷诺提供了另一条计策。

“原来如此……”

听到希露卡的计策，莫雷诺恍然大悟地点了点头。

“我会尽量让第一条计策实现。但如果有需要，可以让我

自己来判断是否改用第二条计策吗？”

“该怎么拿捏就交给学长判断了。”

希露卡笑着目送莫雷诺出发。

接着，就像换班一样，和克洛维斯王进行长期交涉以拖延时间的萨图尔斯回到了城堡。

经过游说，萨图尔斯和克洛维斯王缔结了“只要不在克洛维斯的范围内扩张领土，就承认提欧圣印的独立性，及其对原米德里克家领地的正当所有权”的密约。

提欧击败了拉席克，还在之后的战争中大获全胜，或许是这样的势头让克洛维斯王觉得必须有所提防。不过，能以这样的条件达成交涉，靠的是萨图尔斯在塞维思担任四十余年契约魔法师所积累的功绩和名声。

“谢谢您。”

希露卡笑着迎接来到她房间的萨图尔斯，牢牢握着他的手。

然而，萨图尔斯的脸色并不好看。

“你是不是做得有些过火了？”

他严肃地训斥道。

“大学应该教过你‘魔法师只能辅佐君主’吧？然而这一连串的战事都由你主导，甚至还传出了你的君主只是个傀儡的传言。名不见经传的流浪君主在瞬息之间攻城掠地，这可是前所未闻的事态。有人怀疑你是暗魔法师，说你是奥图克伯爵暗桩的谣言不胫而走。不少君主认为你才是违反协约的一方，若奥图克伯爵正式向魔法师协会提出控诉，你应该会受到严厉的处罚。”

“我已经做好了心理准备……”

希露卡直率地点头回应。

“因此，我才会如此急进。虽然遇到不少意料之外的状况，但幸好目前的局势都朝着对提欧大人有利的方向发展。即使被召回艾拉姆，我也希望提欧大人能保住领地，继续实践梦想，届时还请您多多照顾提欧大人了。”

说完，希露卡诚挚地向萨图尔斯低头。

“别强人所难啊，我这副老骨头若有这般才能，也不会沦落到与米德里克家缔结契约了。我年事已高，等眼前的局势稳定下来就打算退休了。说到底，我就算是上战场，也帮不上什么忙。”

“我不会让萨图尔斯老师上前线的。”

希露卡慌张地说道。

“那可不行。”

萨图尔斯苦笑着说：

“像这种事，得与提欧大人商量过后才能做出决定。虽然目前提欧大人确实是完全接纳了你的意见，但也许有一天，他会变得不再信任你。”

“我会谨记在心……”

的确，希露卡没有和提欧商量就决定了一切，在周边的人看来，这应该是很奇怪的情况。虽然现在提欧认可她的做法，但希露卡明白，这并不是君主与魔法师之间应有的正常关系。

提欧的自尊心应该会随爵位的提升而上升，也许有朝一日，他会自己决定一切。毕竟，完全不听魔法师建议的君主并不在少数。

“不过，和你们相遇后，我一直觉得很痛快。想不到在届龄退休之际，还有机会遇到这么紧张的局势。”

“非常抱歉……”

“总之，你有必要和提欧大人好好谈一下。那位君主虽然年轻，但器量似乎异于常人。”

“我也这么认为……”

希露卡与提欧相遇，这绝非偶然。隶属魔法师协会的魔法师遭到袭击，他知道这是违反协约的大事，所以才策马前去救助。

对提欧来说，搭救希露卡不会有什么好处，就算愚蠢的领主违反了协约，对自己也没有坏处。然而，提欧肯定是这么想的——只要能阻止袭击，就不会有人受伤。

在希露卡召唤出俄耳托斯的时候，出于“放着不管会伤到路经此地的行人”的忧虑，提欧才选择挺身迎击。若那是能轻易战胜的怪物就算了，栖息于塔尔达洛斯界的双头魔犬，是凭提欧的实力只能勉强取胜的强敌，但他拔剑时没有丝毫犹豫。

（我总觉得提欧大人知道什么才是正确的。采取“正确的行动”时他不会有任何迷惘，正是因为怀着信念与勇气……）

萨图尔斯离开后，希露卡踏着踌躇的步伐走向提欧寝室。虽然已是晚上，但入夜未深，提欧应该还醒着。

希露卡站在提欧的房门前，犹豫好一阵子才终于敲了敲门。

“谁？”

传来了提欧的声音。

“……是我，希露卡。”

她发现自己的声音有些颤抖。

“有急事要报告吗？”

提欧的脚步声逐渐接近，然后房门打开了。

提欧穿着松垮垮的睡袍，那是留在城里的衣物，但尺寸实在太大，他穿起来相当不好看。

希露卡心想，应该请艾拉姆的裁缝师为他定制一件才对。

（我也好不到哪里去。）

除内衣裤外，她就只有两套魔法大学的校服，以及奥图克伯爵送她的法袍。希露卡对时尚不感兴趣，住在艾拉姆的时候，除了校服她就只有几套轮着穿的便服。因为除上课外很少出门，所以这样已经足够了。

希露卡现在穿的是魔法大学的校服。

“萨图尔斯老师刚刚平安归来，我想向您报告此事……”

“哦，萨图尔斯老师刚才已经来过我房间打招呼了。他说交涉相当顺利，并希望我能和你进行商讨，然后再决定以后的事。”

“我和萨图尔斯老师谈过了。他训斥了我一番，认为我应该再多和您商讨才对。”

希露卡老实地报告，不知为何，她觉得自己的脸红了起来。

“请问，我能进去吗？”

“可以啊。”

带着一脸不可思议的表情，提欧让希露卡先进了房。接着，他让希露卡坐在椅子上，自己则另外搬了张椅子坐在对面。

“据说以克洛维斯王为首的领主承认了我们的独立，希望赛维思王也是如此。”

“说得也是……”

希露卡的话有些含糊。

不知道与赛维思王的交涉是否顺利，目前只能祈祷莫雷诺一切顺利。

“总而言之，目前我们需要被同盟认可。幸好我与同盟的盟主，贝多利德边境伯爵玛丽娜·克莱榭大人有过一面之缘……”

“大礼堂血案”发生后，从结果来说，希露卡成了保护玛丽娜和阿雷克西斯的大功臣。如果希露卡没有强行阻止两人走上讲台，恐怕他们会与两位大公一起死于恶魔领主之手。

如果真的发展成那样，将失去更多圣印，而同盟与联邦想必会完全瓦解。大陆的统一与皇印的诞生说不定要推迟到千年后才能实现。

阿雷克西斯似乎在案发后昏倒了，而玛丽娜则主动与希露卡见面，感谢她出手相救。

虽然交谈时间不长，但希露卡已经认定玛丽娜是个了不得的人物了。玛丽娜从解散了的克莱榭大公魔法师团中力邀希露卡的养父奥贝斯待·梅连提丝出任自己的魔法师领班，这一举动更是加深了希露卡对她的好感。希露卡的养父年纪不大，在大公的魔法师团中地位也不高，但玛丽娜却愿意任用他，这代表玛丽娜有识人之才。

“……虽然听说阿雷克西斯大人也相当贤明，但性格温柔的他，不适合在动荡时代中担任大势力的盟主。联邦似乎有另立新主的打算，但有势力的君主们相互较量，进行得并不顺利。同盟虽然同样处于混乱之中，但只要能顺利解决这片土地的纷争，想必就能再次统合……”

“你越讲越多了呢。”

被提欧笑着调侃，希露卡这才醒悟过来。

“真，真是抱歉，一直都是我在说……”

希露卡转低视线，揪着垂至膝上的校服裙摆。

“别在意，你说的话都很深奥，我总是跟不太上。同盟和联邦的盟主、混沌核、汇聚的混沌……这些我都完全听不懂呢。”

“这可不行，提欧大人总有一天得学习帝王学。”

希露卡微微抬头，朝上看着提欧。

“那就请你手下留情了。无论读书还是写字，我都只是勉强能做到而已。不过，这五年间我在大陆四处游历，自认对世上的事都挺了解的。”

“这可是非常重要的经验，会在您统治领民的时候派上用场的。”

说着说着，希露卡对自己总像在说教的态度感到懊恼——这样一来不就和之前没什么两样吗？

“总之，我很感谢你。要是没遇到你，我想必没有机会返乡讨伐罗锡尼。多亏了你，我的梦想才有实现的可能。如今我很清楚，自己想解救故乡——解救西诗提那民众的心情是千真万确的。得到男爵的爵位和这么大一片领地后，我曾怀疑自己会不会舍不得这一切，但前几天听了你的话，心中的热血沸腾了。总有一天，我要以柯涅洛之名率军登陆西诗提那。”

“谢……谢谢您。”

被提欧这样感谢，希露卡率直地感到开心。

“不过，我想前方还有许多严峻战事在等着您。目前还不知道赛维思王会如何行动，也不确定同盟愿不愿意接受您……”

“你不是和同盟盟主玛丽娜·克莱榭有过一面之缘，而且养父还是克莱榭家的魔法师领班吗？只要派你出任使者，问题应该就迎刃而解了吧？”

“希望真能如此……”

希露卡的脸色一沉。

“养父并不是那种能动之以情的人。为了玛丽娜大人，他会提出更现实的策略。因此，他会非常认真地分析提欧大人加入同盟后的整体利用价值。”

“我加入同盟后的利用价值……”

提欧显得有些不安。

“我觉得是有的！”

希露卡在话语中注入力量——说完后她才发现自己下意识地探出了身子。

“那就交给你了。”

提欧笑着说道。

这是不带一丝警戒的开朗笑容。

“您这么看重我，我会感到有压力的……”

希露卡重新坐好，轻咳了一声。

“因为，我接下来都会先和提欧大人进行讨论，之后再制定决策。”

“我还真不知道自己有没有能力和你讨论呢。”

“您不需要想太多，按着心中的感觉说就是了。因为我认为您的直觉非常优异。”

“好啊，就这么办吧。”

提欧用力地点了点头。

“那么，我差不多该告退了。”

希露卡说着站了起来。虽说这样做需要勇气，但她认为这一趟很值得。

希露卡准备离开房间。

然而，在她把手放在门把上的时候，突然传来了敲门声。

希露卡吓了一跳。

“提欧大人，希露卡大小姐。”

这是艾维因的声音。

当然，以艾维因的能力，知道希露卡身在何处并非难事，但不知为何，希露卡有一种被他窥见秘密的羞耻感。

“怎么了？”

希露卡退到一旁，而提欧打开了门。

艾维因在行了一礼后报告道：

“城堡附近的铁匠铺似乎发生了事故，老板重度灼伤。一位学徒担心老板的生命会有危险，希望我们能派人治疗。”

“铁匠铺的老板受伤了？”

提欧脸色一变，转头看向希露卡。

“我这就去。”

希露卡点头说道：

“我也去。毕竟铁匠铺的老板会忙到这么晚，都是因为我请他修理在战争中受损的武器和防具。”

3

希露卡和提欧连忙赶往城堡附近的铁匠铺。

铁匠铺由老板与三位学徒一同经营，因为接了许多制造和修理武器、防具的订单，现在可说是忙得不可开交。

他们按照平时的程序在工作，但炭火突然炸了开来。受伤的就只有老板和与他打对锤的学徒两人。其中，老板背部被严重烧伤。

“该死的混沌！该死的混沌！”

老板一直在破口大骂，看起来意识还很清醒。

炭火应该是受混沌的影响出现非自然燃烧，进而引起了爆炸。虽然不频繁，但偶尔还是会发生这类因混沌而起的事件。

“请冷静下来。”

希露卡对老板说道。

老板赤裸着上半身，俯卧在拆下来作为担架的窗板上。

（好严重的伤……）

希露卡不禁倒吸一口气。

老板背部被烧得血肉模糊，许多碎掉的炭片扎在上头。

因为泼过水后才将他身上烧焦的上衣脱下来，所以部分皮肤也一起被撕下。

“老板，接下来会比较痛，所以先让你睡一下啊。”

希露卡柔声说道。

“就都交给魔法师大人处理了。”

额上渗出冷汗的老板挤出了笑容。

“好的，请交给我处理吧。”

接着，希露卡从带来的背包里掏出形状奇特的植物根部，并将其点燃。

“请各位离开一下。”

她对提欧和学徒们指示道。

提欧点头回应，带着学徒们走向屋外。

点燃的植物根冒出气味奇特的烟雾。

“曼陀罗根烧出的烟，具有麻痹身体感官、让脑袋处于昏睡状态的效果……”

希露卡架好魔杖，集中精神。接着，她在脑中描绘出烟雾融入老板血液的情景，并对混沌进行变律。

“睡吧！”

她挥下魔杖，汇集混沌。

老板一时之间还不清楚发生了什么事，但眼神很快就溃散下来，失去了意识。

希露卡将手探到老板嘴边，检查他的呼吸是否如常。

虽然希露卡对老板施展的是昏睡魔法，但让他吸入毒素是不争的事实，这一做法偶尔会让人丧命。

希露卡将蒸馏酒抹在老板的伤口上，然后逐一拔出刺在上面的炭片。若不先这样处理，直接就用魔法治伤，之后会变得很麻烦。

在魔法大学“绿色生命魔法系”的课程中，她对人体构造已经熟悉到几乎要生厌了。希露卡不仅对身体的外部构造，而且连内部构造也一清二楚。不过，如果不清楚身体正常时是怎么样的，就无法治疗身体的异常。

将炭片都拔掉之后，希露卡盯着老板没有受伤的部位。

对老板正常的皮肤有了充分的印象后，希露卡将视线移至烧得溃烂的背部。

花了相当长的时间，希露卡终于施展再生魔法。

魔法先是修复了皮下组织，然后让皮肤再生。坏死的肌肤从背上剥落，桃红色的新肌肤露了出来。

希露卡长舒一口气。总之，烧伤应该是治好了。

接着，她施展解毒魔法。这样做不仅是为了化解让老板摄入的昏睡毒素，也是为了消除有可能在烧伤时感染的自然毒素。

虽然化解了毒素，但老板似乎消耗了大量精力，并没有醒过来。再次进行检查，老板的呼吸和刚才一样平稳。

“已经没事了……”

希露卡把提欧他们叫了回来。

“请继续让老板休息，直到他自然清醒为止。虽然烧伤已经治好了，但还是让他休息数日，专心疗养吧。因为没有伤及内脏，所以请让他多吃一些有营养的食物。我调了一些药，如果他发烧就让他服用。”

希露卡叮嘱学徒们，并交给他们一包药。魔法并不是万能的，所以药物还是非常重要。药物学是“红色教养系”所教授的魔法师基础知识。

“谢……谢谢您！”

学徒们向希露卡深深鞠躬以表感谢。

希露卡对他们露出微笑，并感谢他们平时的努力。

“没想到居然劳烦领主亲自到场，真不知说什么才好……”

听学徒这么说，提欧笑着点头，然后拍了拍他们的肩膀进行鼓励。

接着，提欧看向希露卡。

“辛苦你了，应该很累吧？”

“不……”

虽然摇头否认，但因为施展了高级魔法，她其实非常累。

“倒是还有一件事让我很在意……”

希露卡看着爆炸后的火炉。

“什么事？”

提欧跟着看了过去。

“不是什么大事。我只是在想，如果火炉单纯只是因遭遇混沌事故而爆炸，那也就算了……如果是因为混沌汇聚而爆炸的话……”

“你的意思是，这不会是唯一一起事件？”

若真是如此，这就不是混沌事故，而是混沌灾害了。只要混沌核仍未散去，同样的事故就会一再发生。

“总觉得空气有些沉闷，我有不好的预感……也许多加注意会比较好。”

“好，那我在这附近巡逻一下。以防万一，把士兵们也叫上吧。”

“就由我前去通知吧。”

艾维因在说话的同时，从黑暗的房外走进铁匠铺，并向提欧行了一礼。

提欧已经习惯了他的现身方式，不会再因此而惊讶。

“把爱雪拉也叫上。”

希露卡对艾维因补充道。

“遵命……”

点头回应后，艾维因再次消失在黑暗之中。

接着，提欧和希露卡离开铁匠铺，在已经熄灯的村庄中巡逻。

希露卡施展魔法，让魔法杖的前端出现一团亮光。她借着光源，查看魔法杖上的混沌仪。

白光与黑影相互交缠，描绘出复杂的图案。虽然能感觉得到黑暗的一方浓度较高，但整体的流动却显得稳定。

（混沌的浓度变高了。虽然目前的状况相当安定，但或许已经汇聚成混沌核……）

希露卡高举魔杖，让光芒照亮四周并提高警惕。

不久，艾维因和爱雪拉领着士兵来了。

“怎么了？”

爱雪拉穿着银白鳞甲，肩上则是凯特希族的巴尔迦礼。

“殿下，您有感觉到异常之处吗？”

希露卡对巴尔迦礼问道。

猫妖精高傲地点头，然后朝黑暗处抽了抽鼻子。

“确实有异味……不对，这是某户人家的残羹。将烤鱼泡在汤里想必相当美味——不不，不是这个，余在意的是这股木柴燃烧的臭味。普通来说，烟雾应该会更多，而且会有酸臭味才对……”

紧接着，巴尔迦礼露出牙齿，看起来似乎在笑。其实它不是在笑，那是它闻到刺激性气味产生的反应。

“在对面！最好赶紧过去！”

巴尔迦礼指着远方仅显出漆黑轮廓的一户人家。虽说是“指”，但它只是用力举起一根爪子而已。

希露卡和提欧互看一眼，随即全力奔向目标。

然而，就在下一个瞬间，他们视线前方闪过一道红光，接着传出爆炸的轰响。

与此同时，爱雪拉高高跃起，朝燃烧冒烟的屋顶跳了过去。

坐在爱雪拉肩膀上的巴尔迦礼被甩了下来，它短叫一声，以四肢着地。落到地上后，巴尔迦礼随即像什么事都没有发生一样用两条后腿站了起来。它抚平衣服的皱褶，接着开始整理胡子。

“琉森战锤，有劳你了！”

爱雪拉像祈求一样大喊，并将手中的长柄战锤朝下落点重重挥下。

这一击打碎了住宅的屋顶，爱雪拉顺势跳入屋内。

屋顶崩塌后不久，爱雪拉再次高高跃上夜空。这次，她的双臂各抱着一个小孩。

“干得好！”

提欧欢呼道。

孩子的家人连滚带爬地来到屋外。

“还有人在里面吗？”

希露卡向屋主问道。

“没，没有了……”

男子环视自己的家人，点头说道。

“发生了什么事？”

“该死的混沌！”

男子怒骂道。

“暖炉的柴火突然猛烈燃烧，我刚觉得奇怪，爆炸就发生了！幸好没人在暖炉附近……”

“情况和铁匠铺一样，果然是有混沌汇聚起来了……”

希露卡低声呢喃。

“提欧大人！”

她转头看向提欧。

“怎么了？”

“请对士兵们下令，让他们和村民说暂时不要用火，不要点燃火把或油灯。然后，先不要扑灭这间屋子的火，让它保持燃烧的状态。带这家人到城堡内避难，在新居建好之前，就让他们住在城堡里吧。”

“我知道了！”

提欧回应后，便向士兵们下达命令。

“你果然很可靠呢。”

提欧说着把手搭在希露卡肩膀上。

“不敢当。”

希露卡吓了一跳，看着提欧搭在自己肩上的手。

“请住手！再不把手拿开，提欧大人的脑袋会和脖子分家的啊！”

爱雪拉匆匆忙忙凑了过来，把希露卡从提欧身边拉开。

“你说谁的脑袋会分家啊？”

“还真是千钧一发呢……”

爱雪拉抱着希露卡，安心地舒了一口气。

“不，我觉得你比较危险啊。”

“爱雪拉……我的脸要留下鳞甲的印子了……”

脸被压在爱雪拉的鳞甲上，希露卡忍不住发出呻吟。

“打扰各位的愉快时光真是不好意思，但还请关注一下那边。”

艾维因用一如既往的语气说道，并指向大火之中的住宅屋顶。

被爱雪拉打破的屋顶冒出火柱。火势极不寻常，就算全力灭火，想必也救不回这间屋子。

然后……

“火焰之中有东西……”

爱雪拉眯细了眼睛。

“那恐怕是乙太界的萨拉曼达……”

希露卡低声说着。

希露卡的知识告诉她，火蜥蜴萨拉曼达是一种没有实体的能量生物，这类生物栖息在精灵界——乙太之中。

在“青色召唤魔法系”学习时，她见教授召唤过一次。萨拉曼达是会引起混沌灾害“野火”的棘手魔物。它们潜伏在火焰之中，会燃起猛烈的火，并随着爆炸让火花四溅飞散，从而创造出更多适合居住的窝。

然而，只要不去灭火，它们就不会袭击人类。

“用长枪能对付它吗？”

爱雪拉问道。

“不行。”

希露卡摇头。

“刀呢？”

“起不了作用。”

“锤子呢？”

“对它无效。”

“所以我才讨厌乙太界的投影体！”

爱雪拉气呼呼地说道。

“你的枪头目前是琉森战锤？”

“是呀。”

“把枪头换成斧的样式，砍倒周边的树木以免被火焰波及。”

“然后呢？”

“对付萨拉曼达时，要让它对目前的所在之处感到满意，并等待火势减弱。只要附近没有新的起火点，它就不会移动。之后，我们用水攻消灭它。”

“希露卡真的是天才，我都想亲你一下了呢！”

爱雪拉说着亲了一下希露卡的额头。

然后，爱雪拉转过身子面向暗处，把佣兵队长葛拉柯叫了过来。

高大的佣兵队长在夜色之中缓缓现身。仔细一看，他肩上扛了个大箱子——那是爱雪拉的收纳箱，里面装着她爱用的长柄武器枪头。

“为什么是队长扛着？”

希露卡与其说是吃惊，不如说是愣住了。

“我们成朋友了啊……”

爱雪拉不当一回事地说道：

“他强壮且有力，是个好帮手。”

爱雪拉打开箱子，将长柄上的琉森战锤卸了下来。

“长柄斧，就决定是你了。”

她将琉森战锤收好，取出巨大的斧头装在长柄上。

“好，那就开心地上吧……”

爱雪拉用甜美的声调唱起流行于艾拉姆一带的《伐木工之歌》，逐一砍倒周边的树木。

“真是个奇特的人……”

提欧说话时略显畏缩。

“她……她从小就是这样……”

希露卡低着头说道。

如果安安静静，爱雪拉看起来就是一个带有神秘气息的美人，但实际上她为人诙谐开朗，不管和谁都能打成一片。她在魔法学校非常受欢迎，不论男女都很仰慕她。

挥舞长柄斧的爱雪拉一下子就砍倒了周边所有的树，被砍下来的树木由佣兵队长葛拉柯一人扛起并运往他处。

在这期间，希露卡调查了附近水井的位置。

“水乃朝低处流动之物，然而，其亦有逆向而行、化作水墙之时……”

希露卡在脑中描绘施展魔法所需的情景。

“爱雪拉，帮我提高混沌浓度。”

“包在我身上！”

虽然没进入魔法大学，但爱雪拉曾在魔法学校学习过。

察觉和操作混沌的能力相当优秀，但由于感受性不足，所以施展魔法对她来说很吃力。许多在魔法学校时代被刷下来的人，就是因为这一点。

爱雪拉没有使用魔法杖，而是通过摆动右手食指来提升混沌浓度。

希露卡打算造出一面比屋顶还高的水墙。虽然这是初级的元素魔法，但这次对范围和高度都有一定的要求，所以必须提高混沌浓度以提升魔法效果。

剧烈燃烧的房屋开始坍塌，火势逐渐转弱。虽然萨拉曼达不久前在火焰中以很舒服的姿势趴着，但它刚刚站了起来，如今正忙个不停。

红色的火焰先是转为黄色，现在则有转为白色的迹象——燃烧的温度上升了，希露卡据此察觉到萨拉曼达打算引发大规模爆炸。

“大家后退！”

向提欧等人发出警告后，希露卡释放用很长一段时间去准备的魔法。

“逆流吧！”

希露卡用力挥下魔法杖。

这时，水井喷出大量的水，就像被无形的渠道导引一样，井水最后化为圆形水墙。水墙将萨拉曼达寄宿的火焰围了起来。

看到水墙后，不知是因为具有智慧，还是出于本能觉得状况不利，萨拉曼达的反应非常激烈。火焰的颜色由白转蓝，爆炸眼看就要发生。

“崩塌吧！”

希露卡再次挥下魔法杖。

水墙失去形态，从内侧开始崩塌。大量的水瞬间吞噬了火焰，随着一声巨响，房屋冒出大片水蒸气。

接着，爆炸发生了。

“希露卡！”

爱雪拉像悲鸣一样喊着希露卡的名字。

“我……我没事。”

希露卡回应道。

因为温度太高，所以水一接触火焰就化成了水蒸气。即使洒下大量的水，温度还是没怎么降低。洒在她身上的则是被爆炸冲击弹开的水珠。

希露卡看向萨拉曼达的所在之处。

蒸气袅袅上升，内侧映出红光——萨拉曼达尚未被消灭。

“真缠人……”

希露卡感到非常疲劳。

然而，如果让萨拉曼达逃了，它又会寄宿到新的火焰之中。一定得在这里解决它。

看见水墙崩塌后形成的细小水流，希露卡开始集中精神。

她挥舞魔法杖，操控细流的水压。

“迸发吧！”

细流的流向突然产生变化，以锐不可当之势直冲天际，贯穿了躲在红色蒸气之中的萨拉曼达。

希露卡隐约听见了萨拉曼达濒死前发出的咆哮。

井水不再流动，红色火光随之完全熄灭。

“解决了吗？”

希露卡瞥了魔法杖上的混沌仪一眼。

或许是心理作用，她觉得水晶球中的白光强了一些——闪烁的频率提高了，运动的幅度也大了，这代表混沌浓度突然下降了不少。说起来，这或许只是被爱雪拉暂时提高的混沌浓度降回正常水平而已，不过……

（我已经撑不住了……）

希露卡用尽了力气。

放松下来时意识突然远去，她就这么倒下了。

4

希露卡觉得呼吸有些困难，所以醒了过来，然后便发现自己正躺在卧室的床上。

爱雪拉就在一旁，她正趴在希露卡的胸口上打盹。

似乎是察觉到希露卡醒了，她把脸抬了起来。

希露卡坐起身子，看见自己裹着毯子后，才惊觉不仅身上穿的是睡衣，连内衣裤都换过了。

“是爱雪拉帮我换的吧？”

希露卡战战兢兢地提问。

她脑中浮现出艾维因灵巧且迅速地帮她换衣服的情景。

“我才不会让其他人做这种事呢。”

爱雪拉的话中带着愤怒。

“那就好……”

希露卡安心地舒了口气，然后向爱雪拉道谢。

“不过，把希露卡送来这里的可是提欧啊。他比我先一步把你抱了起来。虽然我扬言说不把你放开就让他上下半身分家，但他根本没理会。”

“是提欧大人？”

希露卡感到脸上一热。

“咦，你和那个君主发生什么事了吗？总觉得你们的交情突然好了许多……”

“没发生过，也不可能发生什么事！”

希露卡连忙甩头否认。

“我和提欧大人聊了一阵子，仅此而已。”

“哦，看来那家伙也察觉到你的可爱之处了。再过一阵子，他一定就会借君主之便对你下手，我得严加看管……”

“我想不会有事的。提欧大人没把我当女人看，而且他也不是那种粗暴强横的人。”

“希露卡，你太天真了，‘天真’得我都想舔你一口了。你对男人这种生物一点都不了解。”（**注：在日语中，“天真”和“甜”的读音相同。**）

“我觉得看看莫雷诺学长的言行举止就能有所了解。”

“那个人只是嘴上轻浮而已，其实没什么危险。像提欧这种看起来严肃正经的人，其实都会把色欲暗藏心底啊。”

“别说了……”

希露卡把耳朵堵了起来，她一向不擅长应对这种话题。

“对了，萨拉曼达怎么样了？”

希露卡换了个话题。

“消失了。我看见它变成混沌核了，不会有错的。”

“你让混沌核消散了吗？”

“我原本是劝提欧把混沌核吸收掉的，但他却对我大吼，说现在不是做这种事的时候，所以只好由我将其烙在身上。我想变得更强，让自己能帮希露卡更多的忙。”

“提欧大人……”

希露卡不禁抱头呻吟。

和护送只是昏过去的契约魔法师相比，对君主来说，吸收混沌核才是首要大事。

“若吸收萨拉曼达的混沌核，应该能让圣印提升不少力量啊……”

“真是个奇怪的君主呢。”

“我松懈得太早了……”

因为提欧是在希露卡昏过去的时候出手帮忙护送的，所以也怪不了他，但希露卡非常希望他认真思考一下什么才是君主应该做的事。

“现在是早上吗？”

希露卡看向窗户。

窗板和窗帘都被拉下，房间相当昏暗，但还是能看见通过细缝射进来的白亮阳光。

“不，已经过中午了。昨晚骚动平息的时候已经接近黎明。”

“糟了！我得快点起来！”

希露卡掀起毛毯，跳下了床。

“你不多休息一下吗？”

“不，我没事了。我得为昨晚的事件收拾善后……”

“萨图尔斯爷爷已经处理完了。他被最后那声爆炸声吓醒，虽然急忙赶到现场，但事情已经告一段落，这让他相当自责，但他同时大为赞赏希露卡的处理方法。”

爱雪拉说完，打了个大呵欠，接着钻进希露卡的毯子里。

“我今天要躺一整天。还有，从今天开始，我就睡这间房间了。”

“我是无所谓，但你为什么要睡这里？”

“因为我要守护希露卡的纯洁！”

爱雪拉喷着鼻息说道。

“什，什么纯洁啊……”

希露卡总觉得自己害臊得涨红了身子。

“应该……不会有事吧？”

“不会有事的，只是被看了肚脐而已。”

“因为肚脐被看也没关系啊……”

爱雪拉将手放在丰满的胸口上，安心地叹了口气。

“我的房间现在让给失去家园的领民住了。不过，无论是我的房间还是这间房间，你不觉得一个人住显得太宽敞了吗？”

“说得没错。”

希露卡笑着点点头。虽然不擅长应付爱雪拉强势的一面，但希露卡很喜欢她为人着想的温柔。希露卡脱下睡衣，换上魔法大学的校服。

爱雪拉则脱下衣服，只穿着内衣裤准备睡觉。

希露卡向爱雪拉道了声晚安，然后前往一楼的大厅。

大厅内聚集了许多住在城堡周边的村民。

“魔法师大人！”

看见希露卡后，村民们发出了欢呼，并以各自的方式行礼，向她说出感谢的话语。

“要，要谢的话就谢提欧大人吧……”

希露卡困惑地回应道。

虽然受到感谢让她很开心，但也感到害臊。说起来，该被赞扬的通常都是君主而不是魔法师。

“我已经被他们热情地感谢一番了，而且，昨晚的大功臣可是你啊。”

提欧没有坐在领主的座位上，他和村民们站在一起。虽然看起来实在没什么君主的威严，但这似乎正是提欧的作风。这个地方明明就只是实现梦想的“垫脚石”，但他昨晚却全力以赴帮助村民。

这时，铁匠铺的老板走上前来。

“多亏希露卡大人进行治疗，我才捡回一命。休息一晚后我已经没事了，工作也不成问题。”

“请你今天一定要休息，因为新长出来的皮肤相当脆弱，很容易感染或中毒。”

“这样吗？那今天就不工作了，我会耐着性子休息的。”

老板露出了非常可惜的表情。

接着，村民们离去了。

“你昨天真的非常努力呢。”

“不，我只是在尽魔法师的职责而已……”

希露卡慌张地回应道。

“在您夸我之际提出建言或许有些扫兴，但我建议让艾维因在赛维思一带散播昨晚的事情。这不仅可以缓解领民对新任领主的不安，还能让邻近的君主改变对提欧大人的看法。赛维思王的反应尤为重要，不知道他会认为应当承认这个关怀人民的君主，还是……”

“那就交给……咳，我觉得你的建言很好。”

说到一半，提欧连忙改变说法。

希露卡满意地露出微笑。

“那么，就照您的命令行事……”

希露卡开始寻找艾维因的身影，但他已不在大厅。看来用不着希露卡正式下令，他就离开城堡执行任务了。

（就算现在开口说要撤回命令，他也一定会悄然现身，然后和我说一句“我知道了”吧。）

初出茅庐的领主成功解决了混沌灾害，还把灾情损失降到最低——这样的消息很快就在整个赛维思传了开来。

虽然听闻此事的人反应各有不同，但提欧这位默默无闻的君主总算是借此打响了名号。

而这，也影响了他们与赛维思王谈判的结果……

五天后，完成出使任务的莫雷诺，和他的主子拉席克一起拜访了提欧的城堡。

“……谈判失败了，赛维思王已宣言要击溃我们……”

莫雷诺闷闷不乐地说道。

“赛维思王可是非常生气呢，还说‘本国的领土都是朕的领土，绝不允许君主独立’。”

“他这么说了吗？”

希露卡盯着莫雷诺问道。

“一字一句，毫无虚假。”

莫雷诺别具深意地笑了。

“是你把提欧大人镇压混沌的消息放出去的吧？”

“当然了。”

她点了点头。

“这就是关键了。听到初出茅庐的君主闯出名号，就算是赛维思王也免不得动摇，他已经认定提欧大人是来侵占自己国家的了。”

“这是因为赛维思王一直希望能统治整片领土吧？如今他终于不小心说出了心声……”

希露卡发出窃笑。

“让我惊讶的是，塞维思王这一番话也传了开来，这也是你的杰作吧？”

“不，我想应该是艾维因顺势而为。”

“是那个‘超人’啊，他真是个不得了的家伙。”

“虽然没有达成首要目标，但顺利达成了次要目标，真不愧是莫雷诺学长。”

“我可不太开心啊……”

莫雷诺闷闷不乐地说道。他应该很想成功完成这极具挑战的交涉。

“我可是非常满意呢。说实话，我已经兴奋得开始颤抖了。这个国家的君主都有很强烈的独立意识，赛维思王就是因为这样才迟迟不能统一领土。好了，在这场战争中，独立君主会站在哪一边呢，真是让人期待啊。”

拉席克无意义地在大厅来回踱步，并如此说道。

“没错，现在已经演变为外交战了。接下来，就写信邀请赛维思的独立君主加入我们吧。信由我来写，请萨图尔斯老师和莫雷诺学长帮忙制作副本，并请提欧大人和拉席克大人联名签字。这次我们就在野外进行战斗吧。找出几个适合进行作战的地点，巧妙地把对手引过去。接下来要为各战场制订作战计划，到战斗开始前为止，还要对士兵进行必要的训练，要忙起来了。”

希露卡环视众人。

“自从和你相遇，还真是一刻也闲不下来呢……”

提欧苦笑着说：

“不过，在遇到你之前，我就像睡着了一样。挑起战争不是我的本意，但既然要战斗，那我就不能输。要实现梦想，我就得跨过这道门槛。”

“我也是这样想的。第一个目标是赛维思，第二个目标是奥图克，还是……”

拉席克盯着希露卡说道。

“这个，我不知道……”

希露卡慎重地说：

“虽然我们以投靠同盟为目标，但也得先想好被同盟拒绝时的对策。”

“要不要也派使者前往奥图克？”

“我想，目前还是只与同盟交涉比较好。若出使奥图克，就变得像同时把情书送给两个女人一样……”

说着，希露卡把视线转到莫雷诺身上。

“为什么要看着我说这些话？”

莫雷诺不满地说道。

“因为学长应该很有经验啊。”

“有是有……我和其中一方约好了要见面，去后却发现另一方也在。这是我大学时不堪回首的经历之一。”

“学长似乎有不少不堪回首的经历啊。”

希露卡实际上知道一些他的“事迹”。

“是这样没错……”

莫雷诺坦然地说道：

“虽然那样做带来的多数是糟糕的回忆，但只要能遇到一段美好的回忆，我就心满意足了。”

“真不愧是莫雷诺学长，你的想法我完全学不来呢。”

“对我来说，在举办祭典的日子里窝在家，这才是任谁都学不来的呢。”

“好了，够了！”

看见希露卡因莫雷诺的话语挑起了眉毛，提欧连忙出言制止——可不能放任他们继续互揭伤疤。

“不会与奥图克交涉，这场战争和同盟、联邦都没有关系，我们主张为独立而战——是这样没错吧？”

提欧盯着希露卡问道。

“正如您所说……”

希露卡点头，其实提欧说的话，正是她打算写在书信上的内容。

“若如此主张，想必赛维思的独立君主对我们伸出援手的概率会大增。”

“确实如此啊……”

拉席克附和道。

“虽然会是场大战，但说不定并不难取胜。”

赛维思王离开城堡，亲自率兵出征，是半个月后的事。

两军将在赛维思中央的草原展开决战……

第四章 战旗

1

赛维思王纳维尔·杰尔杰召集旗下所有从属君主，从城堡向西行军——这一消息传到了提欧耳里。

虽然赛维思王想让国内的独立君主一同参战，但目前仍没有独立君主集结起来。

之所以这样，是因为各地都传出了“要是赛维思王打赢这场战争，领地内的独立君主都得归顺其下”的风声。

另一方面，虽然提欧当初自称是幻想诗联邦的一员，但如今已宣布愿意转投大工房同盟，还表明了自己无心扩张领土。他正呼吁独立君主挺身而战，坚守独立与自由。

提欧率兵从领地出发，在赛维思中央一带的草原上布阵。

这是准备在野外进行战斗的态势。

在行军途中提欧经过了好几位独立君主的领地，但都没有遭到刁难，可以把这当作是独立君主对提欧抱有好感的证明。

不过，虽然独立君主持着善意的中立态度，但这没法为提欧带来胜利，得让他们加入战斗才行。

提欧骑上马背，环顾眼前的大草原。他的坐骑并不是之前的年迈白马，而是梅司特·米德里克留在马厩的美丽白马。提欧将先前的老马托付给村民，让它能好好度过余生。

新芽萌生的季节已经过去，肥沃的牧草为大地添上浓浓的绿意。每当拂起自南方而来的暖风，草原看上去就像泛出粼粼波光的大海一样。若是在平日，应该会有牛马在此处放牧，现在却不见家畜们的踪影。这也难怪，因为过不了几天这里就会成为战场。

“拉席克大人和聂曼大人都到了。”

提欧的背后传来希露卡的声音。

他掉转马头，看见在希露卡的视线前方，拉席克·达彼多和聂曼·摩德里正徒步走向自己。这两人都是提欧的从属君主，各自率领着数十位士兵。在拉席克身旁，可看见契约魔法师莫雷诺·多尔忒斯的身影。

“你们平安无事真的太好了。”

提欧下了马，笑颜迎接两位从属君主，并一一给予拥抱。

两人的行军路线与提欧不同，但既然能平安抵达目的地，就至少说明他们路上遇到的领主并无妨碍之意。

“我原本还期待能不断在行军路上招到友军呢。”

拉席克的话中带着不满。

“虽然他们不想被赛维思王逼着就范，但提欧大人是外地人士，拉席克大人资历尚浅，再加上我方明显居于劣势，想必不会有君主贸然加入我们。”

聂曼叹着气说道。

聂曼身材略胖，腹部的盔甲配合着身材打造成圆弧形。他的眼睛相当小，眼尾下垂，看上去似乎很没气势。因为用油将一头短发往后梳，所以他那发际线不断后退的额头显得格外宽阔。此时，聂曼的额头渗出一层冷汗。

“哎，我想也是。”

提欧认为聂曼的想法相当正确。

虽然拉席克觉得每一位独立君主都会站在他们这边，但提欧可没这么乐观。赛维思内的君主应该都把提欧看作是野心勃勃，意图扩张领土的人，所以被他们视为敌人并不意外。

“虽然拜托了与我往来密切的君主，请求他们加入我们，但没有得到肯定的回复。不过，他们倒是愿意承诺不会为赛维思王出战。”

聂曼过意不去地说道。

“这样啊……”

提欧笑着回应，并感谢聂曼的努力。

聂曼是之前趁着拉席克离开领地，带兵发起进攻的四位领主之一。被提欧与拉席克击败后，他宣誓从此只效忠提欧一人。

虽然他是仅统治着一个村庄，甚至连契约魔法师都没有的下级骑士，但摩德里家是延续了百余年之久的骑士名门，与近邻的领主大多有着亲戚关系。将圣印让渡给拉席克之父的君主，就是其中一个与摩德里家有亲戚关系的人。聂曼被在辈分上相当于堂哥的君主煽动，与两位关系密切的君主联手，为从拉席克手中夺回“原本属于自己”的领地发起侵略。

虽然不及拉席克，但聂曼在归顺之后同样展现出相当高的忠诚心。与道义无关，若想引出从属圣印的力量，就得向持有主圣印的君主展现忠诚。此外，如果被主子怀疑别有二心，从属君主的圣印就会立刻消失。正是因为有这层“精神上的牵绊”，主从间的圣印才得以维系下去。

“再这样下去，恐怕会变成一场苦战……”

希露卡僵着脸，声音显得有气无力，这让提欧感到很惊讶。提欧所认识的希露卡，不管情况再怎么糟糕，都能够保持自信与气势。

“何止是苦战，我们根本就没有胜算。赛维思王不仅是子爵，旗下还有三位男爵和超过五十位骑士，就是粗略计算，他们也有我军十倍以上的战力。不仅如此，赛维思王相当有钱，长期雇用着佣兵队。哎，虽说他雇用的也不是什么知名的佣兵队……”

拉席克焦躁地跺着地面。

“若败局已定，我将亲自闯入敌阵，直接为这场战争画下句点。”

提欧笑着对拉席克说道。

为实现提欧的梦想，希露卡赌上了自己的性命，而提欧很明白希露卡是认真的，自己为此也做好了牺牲的心理准备。这是用“奇迹”来形容也不为过的梦想，在哪失败都不奇怪。

“虽然我是外地人，但你们只是我的从属君主而已，应该能免于一死吧？”

“不，我这次已下定决心，要战至死亡的一刻。要是不得不当赛维思王的从属君主，那就和失去未来没两样。”

拉席克说着用力高举握拳的手。

“我也怀着同样的决心，毕竟我早该在上一场战争中死去。”

聂曼慌忙点头。

“我原本以为友军会不断增加，所以打算在此驻扎，但现在看来似乎是失策了呢。或许应该坚守在拉席克大人的城堡里，做好长期抗战的准备。”

希露卡淡淡地说道。

“你承认这是失策吗？”

莫雷诺讶异地盯着希露卡。

“毕竟这是事实。”

希露卡轻轻地耸了耸肩。

看见希露卡的反应，提欧这下终于忍不住笑出声来。

“请……请问怎么了吗？”

希露卡惊讶地看向提欧。

“没什么，只是看你看了一会儿后，我总觉得情况其实没那么糟。”

自相遇以来已相处了好一段时间，所以提欧能从希露卡的言行、态度中大致推测出她的想法。看来这样的发展很有可能也在她的算计之中。

“咦？”

希露卡僵着脸继续说道：

“呃，不，情况真的很不理想，若持续下去，我们必败无疑。”

“如果‘情况持续下去’，的确如此。”

“提欧大人……”

希露卡深深叹了口气。

“若是我的表情露出端倪，那确实是我的疏忽，但此后还请您不要点破此事。这次迫于无奈，我就向各位解释吧……”

“解释什么？”

拉席克疑惑地问道。

聂曼则静静等待希露卡解释。

“我方目前确实尚未招到友军，但已经感受到独立君主们的善意了。愿意让我们通过领地，正是他们持友善态度的铁证。”

“嗯，没错……”

拉席克点头回应。

“即便是小小的声响，也有可能引起大雪崩。我认为现在就是最好的例子。”

“也就是说，只要发出‘声响’就可以了吗？”

“是的，只要有人采取行动，友军想必就会不断聚集过来。所以，我认为应该将我方处于劣势，以及选错战场的消息散播出去。”

“怎么能这样做？不会有君主想加入显露败相的一方吧？”

聂曼摇头说道。

“是吗？大家都决定为保持独立而反抗赛维思王，若不在此时支持我方，那就和归顺赛维思王没什么两样。君主们是否这么想姑且不论，但赛维思王肯定是这样认为的……”

希露卡的声音里洋溢着自信。

“感觉有点强词夺理啊，你为什么能如此认为？”

拉席克的脸上出现了疑惑。

“因为我‘不小心’把信寄到了赛维思王好几位亲信的手中。我对赛维思的情况还不是很理解，所以把他们‘错记’成独立君主了。我‘不小心’把刚才说的想法写在了信上。当然，在寄给独立君主们的信中，为了不让他们认为我是在出言恐吓，我并没有写上述那些内容，只是向他们倾诉了提欧大人为守护独立而全力以赴的决心。”

“原来如此，寄给从属君主的信，当然也会传到赛维思王手中。人类会选择性地接受对自己有利的事实，再加上赛维思王的性格……”

豁然开朗的拉席克露出笑容。

“因胜券在握而松懈的他，想必会对部下吹嘘‘没加入提欧的独立君主，相当于加入了自己阵营’这一事，若消息传了出去……”

他的笑容带着一丝邪恶。

“你还真是不择手段啊。”

拉席克身旁的莫雷诺长叹了一口气。

“我是挑选过的！”

希露卡略带遗憾地回道：

“我并没有说谎，不过是引出塞维思王的真心话而已，这和我请莫雷诺学长前去交涉时委托的事情是一样的。”

“哎呀呀……”

聂曼用袖子擦去额上的汗水。

“像我这种还无法与魔法师签订契约的君主，难怪会被玩弄于股掌之间……”

攻打拉席克的领地时，提欧与拉席克的部队就像做好准备在等待一样出现在眼前，这让聂曼惊觉自己中了计。

虽然聂曼做好拼死作战的准备，但开战后很快就有一位作为同伴的君主阵亡，还有一位成了俘虏，而他的堂哥则抛下士兵逃跑了。

在后方待命的聂曼策马上前，集结因失去指挥而陷入混乱的士兵。他认为如果不这么做，那就真的一点胜算都没有。不过，当时他们已经被提欧的军队包围，除了投降没有其他选择……

在聂曼主动投降的时候，提欧希望他能成为自己的从属君主。不可思议的是，提欧当时的话在聂曼心中留下了深刻的印象……

“明明处于劣势，却主动上前统合其他君主留下来的士兵，这都是因为你把他们当作平等的人类来看待。我愿意和你这样的人一起战斗。”

被如此年轻的流浪君主要求成为从属，他感到相当屈辱，但因为这段话，那股屈辱感不可思议地消散了。

的确，如果当时没有人上前指挥，那群失去君主的士兵想必会惊慌失措，从而造成无谓的牺牲。当然，聂曼当时就是这么想的。

虽然不知道当时的判断正不正确，但聂曼至少因提欧的一席话而得到救赎。而且，他觉得成为提欧这种人的从属君主，其实也不是一件坏事。

“原来如此，虽说小小的声响也能引发雪崩，但如果想提高概率，那就要把声音加大。”

聂曼对与提欧缔结契约的少女魔法师点头称是。

“虽然也有同时发出众多小声响的做法，但我个人比较喜欢发出巨大的声响。”

少女魔法师露出微笑回应。

她的笑容十分惹人怜爱，但聂曼看了却全身冒冷汗。

少女的话代表她已经想了许多计策，而且还特别喜欢采用会被对手察觉的策略。

“难怪我一直没看到艾维因，原来是这么一回事……”

提欧环顾四周，确认那个总是在身边待命的侍者此时不见踪迹的事实。

想必收到希露卡密令的邪纹使，此时正四处奔波。

“是的，我向他交办了不少事。神奇的是，只要我心中闪过‘虽然已经很忙了，但还是希望你能过来一下’的念头，他就一定会马上现身。真让人好奇他到底有多少个身体……”

虽然听起来像是在开玩笑，但这句话也透露了希露卡的些许心声。

提欧也有同感——艾维因真不愧是曾在大公身旁侍奉的邪纹使。

“总之，我已用尽一切手段，还请您不要在士兵面前表现出安心的样子，因为赛维思王肯定派出了间谍混在我军之中。”

“好，那我就摆出悲壮的表情吧。”

点头同意后，提欧便试着装出悲壮的样子。

“啊……”

见状，希露卡不禁伸手轻掩嘴角。

“怎么了？”

提欧问道。

“呃，因为看起来真的很悲壮……”

“毕竟我经历过很多这样的事啊。”

提欧苦笑了一下，然后转头望向远方。不管是生活在故乡的时候，还是流浪的途中，他尝到的苦头可说是非常多，但也有过美好的回忆——一个人的人生是苦是乐，就看他重视的是哪一边了。

“真……真是对不……”

希露卡说到一半就停了下来。

“别在意，这不是你的错。”

“嗯……”

希露卡轻轻地点头。

“好了，让我们去向士兵下达扎营的命令吧，记得表情要悲壮一些。”

提欧轻拍了希露卡的肩膀两下，随即用快活的语气说道。

2

夜晚的草原沐浴着月亮的光芒，每当晚风吹拂，就会像萤火虫群起飞舞一样泛出阵阵亮光。

不知为何，希露卡在天将亮的时候醒了过来。她没有睡回笼觉，而是走出帐篷，独自站在外头。

或许是黎明将近，东方的夜色开始变淡。

希露卡怀中抱着提尔纳诺格界的猫妖精——凯特希族的巴尔迦礼。巴尔迦礼正在睡觉，但希露卡没有理会，硬是把它带了出来。被希露卡抱起后，巴尔迦礼便窝在她的胳膊里，再次沉沉入睡。明明体型不小，抱起来却宛若无物，或许这是因为它是异世界的投影体。

异世界理应不会与现实世界交错在一起，但通过混沌之力干扰自然律，使世界之间的境界线出现扭曲，就能让异世界的影子投影到现实世界中，由此产生的便是投影体。本体和投影体会同时存在于各自的世界上，据说即使投影体死亡，也只是还原为混沌核，不会对处于异世界的本体造成影响。投影体不会与本体共享记忆，但神奇的是，再次被召唤时投影体会保有之前所累积的记忆。

希露卡喜欢的是巴尔迦礼的“投影体”，毕竟不可能与本尊见面，而她也没有这个意愿。

（重要的是双方一同培养出来的感情，这与对方是否为实体毫无关系。）

希露卡小心翼翼地抚摸巴尔迦礼的脊背。这时，她发现巴尔迦礼轻轻吐出了舌头，虽然涌起想要拉舌头进行捉弄的念头，但还是忍了下来。

希露卡是在魔法大学的地下幻兽园遇到巴尔迦礼的。幻兽园囚禁着来自异世界的投影体，供魔法师进行召唤魔法的研究。魔法学校时期，希露卡在校外教学中参观幻兽园，看见了被关在牢笼里的巴尔迦礼。

当时巴尔迦礼的心灵被深深伤害，对人类怀有满腹敌意，只要靠近它，它就会露出利牙并从牢笼的缝隙中伸出爪子乱抓。虽然凯特希有许许多多的特殊能力，但在特制的牢笼中，它完全无法施展这些力量。

囚禁无辜投影体的行为惹怒了希露卡，于是她摸黑和爱雪拉一起潜入幻兽园，将巴尔迦礼送回提尔纳诺格界。希露卡在当时与巴尔迦礼成了朋友，并约好要再次相见。

双方重逢是在希露卡就读魔法大学，进入“青色召唤魔法系”之后。当时希露卡的魔法基础有了不少长进，她成功地呼唤出巴尔迦礼。

令人意外的是，凯特希是相当高级的投影体，无法安定地在现实世界维持形体。在那之后一个月，巴尔迦礼消失了。此后，希露卡会在有事相求之际召唤它，但它总会在不知不觉间失去踪影。希露卡不知道这次召唤能持续多久，特别是这一带的混沌浓度远低于魔法都市艾拉姆，就算巴尔迦礼突然从怀里消失也不足为奇。

（这里再过不久就要化为战场了……）

希露卡再次眺望草原，并在心中如此低语。

此前都只是在与地方领主进行小规模战斗，如今一国之王亲自出征，他们要面对的将会是真正的战争。也许这场战争会成为皇印大战的序曲，并流传到后世。

引起这场战争的毫无疑问就是希露卡。即便这是“总有一天会爆发”大战，她也无法否认自己点燃了导火索这一事实。一旦战争爆发，很多人将会失去生命。

所谓战争，通常都因只能用人命去换取的东西而起。但是，究竟什么东西的价值能与生命比肩？爵位、领地有这样的价值

吗？即便是皇印、大陆的霸权，说不定也……

“你在这里啊？”

这时，身后传来爱雪拉的声音。

爱雪拉穿着东方风格的便服——衣襟在身前交合，再用腰带加以固定。虽然爱雪拉没什么小时候的记忆，但因为生自东方国度，所以在艾拉姆的市场一看到这套衣服便买了下来。虽然这身衣服很容易垮掉，会把胸和腿都露出来，但爱雪拉并不在乎，这或许是因为她对自己的身材相当有自信。希露卡没有这种自信，所以穿的是魔法大学的校服。

“你把巴尔迦礼也带了出来呢。”

爱雪拉眯细眼睛慢慢走近。

这时，巴尔迦礼突然发出颤抖，接着跳出希露卡的怀抱。以四脚着地后，它就这么朝黑暗奔去。巴尔迦礼很不擅长应对爱雪拉，这是因为它无法忍受爱雪拉每次都以相当粗暴的方式“疼爱”自己。

（我很能理解。）

希露卡有时也无法接受爱雪拉过火的关爱表现。

“醒来的时候没看见希露卡，我慌了一下呢。我在想会不会是提欧半夜偷偷潜入帐篷，把你带去自己那里了……”

爱雪拉微微喘气，她或许真的跑去提欧的帐篷确认了一番。

“没这回事……”

希露卡笑着摇摇头。

“会称赞我‘可爱’的，就只有爱雪拉而已。”

“是这样就好了……”

爱雪拉站到希露卡身旁，伸手对希露卡的头发一阵乱挠。

“你只要一直当专属于我的希露卡就好了啊。”

“那可不行，因为我和提欧大人缔结了契约。”

“你太心急了，那家伙到底有哪里好？他剑术烂、头脑糟、长相平平……”

爱雪拉掰着手指说道。即使嘴上说完了，她仍在掰手指，看来提欧有许多让她感到不满的缺点。

希露卡虽然没有出言驳斥，但她对提欧的评价最近在不断上升。提欧似乎能看出很多东西，虽然无法指出正确的方向，但却能察觉自己是否走错了道路。

“唉，算了，毕竟他是希露卡选上的人，但我只会为你而战。我决定这次要用薙刀作为武器了。”

“这是爱雪拉在重要关头才会用的武器呢。”

希露卡微笑着说道。

“是啊，这是对希露卡来说相当重要的战斗。虽然感觉上这是最为艰苦的一战，但若能跨越这道难关，接下来就会一帆风顺，对吧？”

“嗯，我也是这么认为的。”

她点了点头。

“这是一场通常来说绝无胜算的战争。当然，我用尽了策略，但还不知道会不会成功。”

“连希露卡也不知道？”

“我怎么可能知道。”

希露卡噘起了嘴。

只有在与爱雪拉独处时，希露卡才能把自己当成妹妹向她撒娇。希露卡感到非常窝心，但同时也害怕自己会对爱雪拉产生依赖。

养父奥贝斯特总是把“拥有感情虽然不是坏事，但千万不能感情用事”挂在嘴边，也常常叮嘱“魔法师必须压抑自己的感情，为契约君主献上最好的策略”。

据希露卡的养父所言，人的内心深处有一团不与本能相连，甚至没有形体的情感——或者说是思绪，他将之称为“心念”。据说许多人都因心念而产生冲动，并受心念的影响，站在偏颇的立场上思考。所谓“思考”，只是在名为“心念”的大海中漂浮的一座冰山而已，而“话语”更不过是冰山的一角。光是靠话语去猜测对方在思考什么就已经很困难了，更别说要去揣测对方的心念。

“抑制自己的心念，以不带任何倾向的理性进行思考，并在此基础上拣选出能达意的词汇，这就是魔法师应有的态度。”

养父的想法十分正确，对与君主缔结契约的魔法师来说，这就像是准则一样。

然而，希露卡还记得爱雪拉总是和养父唱反调……

“既然如此，我就放弃思考，然后释放心中的心念，将其直接化为语言。”

事实上爱雪拉一直都在这样做，她将自己的感受直接化为言语和行动。之所以对希露卡和巴尔迦礼表现出过度的亲昵，也是因为这样。

爱雪拉原本就既开朗又温柔，所以就算释放心念也能受人喜爱。

（如果我像她一样，肯定会捅出很多娄子。）

希露卡认为自己的心念混浊且黑暗，所以硬要选择的话，她觉得走养父的道路比较妥当。但因为历练还不够，她所说的话不时会带刺……

（但是，与提欧大人缔结契约的时候，我很明显是依照心念在行动。）

这可以说是她最不成熟的一个决定。在那之后，她勉强根据理性在行动，一路奋斗至今。提欧虽然是被拖进这趟浑水的，但除了偶有抱怨外，基本上都信任着希露卡在行动。

提欧看起来乐观开朗，但过的却是与幸福无缘的生活。光是看他在白天时展露过的表情，就可以察觉到这一点，希露卡甚至惊讶得说不出话来。

“你在想什么，是养父的事吗？”

“嗯，还有一些其他的事……”

希露卡含糊地点点头。

她实在不太想和爱雪拉说自己左思右想，最后把思绪停留在提欧身上这一事实。

“如果赢下这场仗，我就亲自出使贝多利德，和养父进行谈判。我要让提欧大人受同盟的认可与接纳。”

“……我觉得你不要抱太大期望为好。”

爱雪拉的声调低了几分。

“我明白。我不是去请求对方收留我们，而是去向对方阐述让提欧大人加入会有多少好处，让对方接受我方的条件。养父大人如此明理，想必会理解我们。”

“希望真是如此……”

爱雪拉欲言又止，最后只是叹了口气，不再继续回应。

“我一定会成功说服他们的。”

加入同盟积蓄力量，只要时机成熟，就可以挥军进攻西诗提那。

若不是提欧以自己的力量发起进攻，那就一点意义都没有。只要拿下西诗提那，提欧就能实现梦想——即使只是暂时性的。

在那之后，她将会不择手段地守护西诗提那，直到大战结束。

这是一条漫长的道路，但若能跨越这次的苦战，目标就不再遥不可及。

“我回去再睡一下……”

爱雪拉用力地打了个呵欠，走向自己的帐篷。

“嗯……”

希露卡目送她离去。

希露卡现在非常清醒，她决定去巡视军营一圈，于是迈开脚步，在逐渐转亮的夜色之中前进。

军营各处都燃着篝火，站哨的士兵正在进行戒备。虽然大多数士兵都在睡觉，但可以感受到从各个营中弥漫而出的紧张气氛。

（能这样下去就好了……）

希露卡如此期望着。

必须让赛维思王疏忽大意，也必须让独立君主们产生危机意识。

要是提欧在这场战争中败北，赛维思王就会统一国内所有领土，实现他那被称为“夙愿”也不为过的梦想。独立君主若不想成为赛维思王的从属，就一定得加入提欧。

然而，独立君主的想法也可能会停留在“不想加入提欧这个外人的阵营”和“我才不想打一场必败的战争”这一阶段。

希露卡虽明白这一点，但无计可施。她是在会有友军加入的前提下面对这场战争的，如果一直没有友军加入，那他们将会败北。届时希露卡打算让提欧处决自己，或站在前线冲入敌阵，以战死沙场的方式为自己所下的决定负责。

（提欧大人恐怕不会同意……）

这一点更让她闷闷不乐。

若是失败，提欧就只有死路一条。拉席克和聂曼看起来都不打算加入赛维思王麾下，放弃圣印还是失去生命，他们只能二选一。

（不管是谁都好，快来啊！）

她在心底用力呐喊。只要有人过来，就能引起“雪崩”。

然后，就在这时……

街道的方向传来了人声和物品碰撞声。

（真的来了吗？）

没想到自己的愿望真的实现了，这反而让希露卡感到惊慌失措。她没有多想就直接朝传出声音的方向跑去。

跑了一会儿，希露卡在微暗的天色中看见数道火把的亮光。火把有数十支，或许是某个独立君主率兵前来了。

希露卡加深了心中的期待。

然而……

靠近火把，看见被火光映出的面孔，她才发现来的都是些出乎意料的人。

他们是住在提欧城堡外某个村庄的村民。

这些人大多数是希露卡曾打算招为士兵的年轻人，但铁匠铺老板也在人群之中……

前些日子发生了由萨拉曼达引发的混沌事故，老板在当时被严重烧伤，希露卡则用魔法为他进行治疗。老板拿着打铁用的大锤，身穿陈旧的锁子甲。

“你怎么来了？”

希露卡惊讶地询问铁匠铺老板。

“听到领主大人居于劣势，我就连忙赶过来了。我的命可

以说是提欧大人和希露卡大人救回来的，岂能眼睁睁看着两位陷入险境。虽然上了年纪，但我在艾拉姆当过佣兵，只不过修理武器、防具的技术比战斗技术要高明。”

老板笑着回答。

“其他的年轻人呢？”

“他们看我跑出家门，就一起跟过来了。因为情况紧急，我只分给了他们武器。他们都是无法继承田地，只能留在家乡帮忙或出外打拼的小伙子。就算死在这边，也不会有人为他们伤心。”

“我的父母可是会因少一张嘴吃饭而感到开心呢。”

某个年轻人如此说道，引来一片笑声。

“各位……”

希露卡发现自己差点就要涌出眼泪。

她为募集友军用尽计谋，但从未想过领地内的民众会加入，毕竟提欧在不久前将前任领主梅司特·米德里克赶了出去。虽然听闻米德里克治理领地的方法相当糟糕，但也说不上忍无可忍。

（提欧大人真的很重视领民，而他们看来是感受到了这份心意。）

如果不是这样，光是处理一次混沌灾害，实在不太可能获得这么高的声望。

就在这时，收到消息的提欧恰巧从军营的方向赶了过来。

“这是怎么了？”

只见提欧不停揉着眼睛，可能觉得自己睡迷糊了。

“是你去向他们求援的吗？”

“不是的！”

希露卡慌张地摇头。

“他们是听闻提欧大人陷入绝境，想要帮助您，凭自己的意志来到此地的。”

“这样啊……”

提欧的神色有些为难。

“我很高兴大家愿意为了我赶赴此地，但这次真的是一场硬仗，我不希望大家白白丧命。”

“正因为这样我们才会来啊！当然，我们都做好了牺牲的准备！”

老板高声说道，年轻人们点头附和。

“可是……”

提欧皱起了眉头。

“提欧大人……”

希露卡的嗓音微微颤抖。

“回应领民的心意，也是身为君主的义务。”

“但领主的义务应该是守护领民吧？”

“遇到像你这样的领主，领民也会萌生出要守护领主的念头啊。”

希露卡劝说道。

“您说得没错！”

只见老板高高举起手中的大锤，年轻人同时发出欢呼。

提欧环视村民，似乎还没下定决心，他支支吾吾说不出话。

“提欧大人，请您高举战旗。战旗可以让他们获得上场战斗必需的力量！”

说完，希露卡单膝跪地。

“我的战旗？”

“那是圣印的天惠之一。效忠于提欧大人的士兵触摸战旗后可获得力量，变得如精兵般骁勇善战。”

“这我知道，但我从未考虑过自己战旗的事……”

“提欧大人已是男爵，接下来将率领规模更大的军队出战，而战旗会是往后战事中不可或缺的天惠。”

她抬眼看着提欧说：

“提欧大人，您只需考虑自己为何而战，并将其表达出来即可。”

“这太简单了——为让人民不受暴政和混沌迫害而战。”

提欧立刻回答。

（就是要这样才对。）

希露卡感到满足。

“总会遇到凭君主一己之力无法达成目标的时候对吧？在这种时候，人们挺身为君主而战，就像今天这样——高举一面蕴含此意的战旗，您觉得如何？”

“不，战争是君主、士兵、佣兵的事，我不能让普通人涉险。”

“君主和领民都一样是人，提欧大人不是最明白这一道理的吗？”

“这我知道，可是……”

提欧看起来相当苦恼。

他之所以成为君主，是为了遵守誓言解放故乡，所以不想让领民卷入战争的心情是可以理解的。

“恕我直言，即使是平民百姓，有时也不得不挺身反抗，现在便是最佳写照。请您将天惠授予他们吧，如此一来，这场战争的牺牲者或许就会减少一些……”

“我知道了……”

提欧似乎终于下定了决心。

“大家的命就借我一用吧。赛维思王想要的只有领土，毫不关心生活在领地上的人民。他这个人，听闻我镇压了领内的混沌，便嫉妒得决定出兵进攻。若是真正有王者风范的人，即便是敌人，也应该会为镇压混沌一事出言赞赏。就让我们告诉这个假冒的王，圣印究竟是为何而生的吧！”

现场顿时爆发出震天的高呼。

希露卡笑容满面地点了点头。

“在为真心想守护之物——故乡、家人而战的时候，我们将获得不畏强敌的勇气、团结一心毫不动摇的信赖，以及直到最后一刻也不放弃的坚毅……”

提欧低声自语，并看向自己的手背。

圣印已经浮现，正闪耀着光芒。圣印依旧由简单的线条构成，如今绽放着混入紫色的白光。

（好强烈的光芒……）

希露卡眯细了眼睛。

这道光芒，表明提欧心中有着无法塑之以形的强烈决心。现在，这股决心将化为天惠。战旗是君主的象征，只要扬起这面光之旗，从属骑士和士兵便可从君主的圣印中获得力量。此外，战旗也是能明确辨识出敌我的标记——不是每个人都能拿到战旗，若没有与君主一同作战的决心，战旗不会发光。

一旁的希露卡清楚地感受到提欧正在集中精神。拥有如此强烈的意志非常罕见，而这正是他之所以能成为君主的原因。吸收混沌核并将其转化为秩序之力，这样的才能极为少见，提欧与从他人手中获得圣印的君主有着根本的不同。

（他和初代君主雷欧是同一类人。）

希露卡差点就像孩子一样发出天真的呐喊，幸好最后总算把冲动压了下去。

“好……”

提欧像是有所领会一样点点头，然后用力举起手。

接着，以他的手为中心，空中描绘出一幅光之图。

图案相当复杂，如果希露卡在“红色教养系”中选修过圣印学，或许就能立刻正确地判读出这图案有何种效果。

不过，有比凭空推测更为有效的手段——直接触摸光芒。

希露卡站起身子，伸手触向光之图案。

一股力量自心底泉涌而出，与此同时，提欧的意志也跟着传了过来，那是一颗正直且绝不动摇的心……

希露卡觉得，就如提欧所说，这是一面为守护重要事物而生的旗帜。高举战旗的人，能获得足以守护事物的力量。

“是‘爱国者’……”

希露卡想起过去曾有被如此称呼的战旗。如今的君主，就希露卡所知道的来说，没有一个能举起这面“爱国者”之旗。

以铁匠铺老板为首的领民逐一碰触战旗，并将战旗拿到自己的手中。光芒的图案与提欧所描绘的一模一样，如光晕般闪耀生辉。看到此情此景，领民不禁相视而笑。

希露卡转身看向提欧。

“一定会有更多友军加入的。无论前来的是哪一位君主，都将会引起‘大雪崩’。”

“我也这么觉得呢。”

提欧开朗地点头。

事情的发展正如他们所言，正午过后，独立君主们逐一加入提欧的阵营……

3

三天后，赛维思王纳维尔·杰尔杰率领的军队抵达了战场。

虽然有几位独立君主加入了他的阵营，但数量实在不多。大量独立君主加入敌方阵营——赛维思王反而收到了这样的消息。不过，在兵力上来说，目前还是赛维思王占据上风。

赛维思王的契约魔法师领班担心战斗会使国家疲敝，而且还有引起内乱的可能，因此力劝赛维思王打消开战的念头。

纳维尔马上就否决了这个提议。在这时退兵，有损他身为王的威严，而且独立君主还可能趁势推举那个叫提欧的流浪君主为盟主，并团结起来。

打赢这场仗，就相当于统一了赛维思——纳维尔打算趁此机会好好教训一下那些不愿服从他的独立君主。

"让他们开开眼界吧。"

纳维尔向麾下的君主如此宣言。

他将三位男爵率领的军队部署在右翼，让他们直接向敌方盟主的部队发起突击。纳维尔本人则居于左翼，准备对付组成联军加入提欧阵营的独立君主。纳维尔打算将敌军杀个片甲不留，这样一来他就能击倒大量独立君主，夺取的圣印将会是最多的。另一方面，这一安排也能激起三位男爵的争功之心——只要解决那个叫提欧的君主，自己的爵位就会上升一级，甩开其他两位男爵领先在前。

三位男爵为赛维思王的决定感到高兴，喷着鼻息返回各自的部队。

"怎样，我的调度很出色吧？"

纳维尔对身旁消瘦的魔法师领班说道。

“竞争确实能得出好的结果，但如此一来，他们必定无法协力作战，还有可能会因抢功而出现误判。”

魔法师领班的回答让纳维尔一脸苦涩。

“为什么你老是要和我唱反调？你们这些魔法师的工作，应该是完成我定下来的事才对吧？”

“您说得没错，但应声附和并非我的工作……”

魔法师领班面无表情地说道。

当然，也有一些魔法师擅长拍马屁，但若一味肯定君主的决定，那么在君主的判断出现错误时将难以劝谏。

“这样啊……”

纳维尔怒视过去。

虽然他想立刻处斩魔法师领班，但这样一来会违反协约，无法和下一位魔法师缔结契约，甚至还有被剥夺爵位的可能。

“那么，你就和其他两个魔法师一起站上前线吧。尽量多打倒一些敌人，这样才算是对君主有贡献。”

这是铁血伯爵尤尔根·克莱榭想出来的，能充分发挥魔法师战斗能力的战术。在前线指挥作战的魔法师就算战死，君主也不会因此违反协约。

“我明白了……”

魔法师领班默默地点头，与其他两位魔法师相互点头致意后，便从纳维尔面前退开了。

“你们可得努力奋战啊……”

纳维尔冷哼了一声。

“魔法师只要施展魔法就好。动脑筋这种事，我也做得来。”

纳维尔召集从属骑士，开始下达作战指示。

他拥有的战旗为“方阵兵”，麾下的重装步兵采取密集队形时，战旗的力量能让他们化为凶猛的巨兽。采用这种队形的士兵就算全力奔跑，也绝对不会打乱阵势，他们会将路上的一切蹂躏殆尽。就算敌方射出箭矢迎击，经过圣印强化的铠甲也能够悉数挡下。

至于骑兵，他们会在重装步兵的周边充分发挥机动力进行战斗。

过去曾有一位伟大的君主，他让采取密集队形的重装步兵与骑兵协同作战，通过这样的战术统一了这一带，建立起巨大的王国。然而，王国仅维持了一个世代就宣告分裂，被许多独立君主割据，局势变得像现在一样。

“我也想成为像那位王一样的人物啊……”

赛维思王环视战场，轻声低语。

当天两军只是在对峙，正式爆发冲突是在隔日早晨。

首先，隶属赛维思王的三位男爵，其中一位率军冲向提欧的部队。其他两位男爵担心被拔得头筹，连忙率兵跟上。

“来了呢。”

提欧眺望着从草原另一头奔来的敌军，优哉游哉地说道。

希露卡通过观察敌军的动向，看出赛维思王有意让麾下的三位男爵相互争功。看见敌军的部署，她就知道会是这样。

“让他们相互竞争并不坏，毕竟这能打造出进攻的势头。然而，一旦转为守势，他们就无法相互配合，变得脆弱……”

希露卡想起在魔法大学“红色教养系”中学过的军事知识。

“敌方的目标是提欧大人。机会难得，就请提欧大人扮演诱饵，稍微交战便朝后方撤退吧。”

“你要让自己的君主当诱饵？”

莫雷诺露出难以置信的表情。

“如果学长有能耐成为诱饵，那我也可以拜托你……”

希露卡冷冷地瞥了莫雷诺一眼，然后继续说道：

“请拉席克大人和聂曼大人朝左右散开，绕至追击提欧大人的敌军侧面。麻烦老板带着村里的年轻人退到后方，藏在草丛中。一旦敌人接近，请你们同时站起来并放声呐喊。提欧大人请把这声大喊当作是信号，转身展开反击。”

虽然战术很简单，但对鲁莽发起冲锋的敌军来说，肯定相当有效。

要败退得自然且利落并不容易，但高举“爱国者”旗帜的士兵不为功名而战，心中也无惧意，想必会遵循作战的指示。

“祝您行动顺利！”

“祝您武运昌隆！”

拉席克和聂曼率领麾下的士兵各自朝左右两侧散开。

骑在马上的提欧来到部队前方，紧盯着朝自己涌来的敌军。

“葛拉柯队长，请你一定要保护好提欧大人。若敌方射箭攻击，我会用魔法弹开的。”

元素魔法、静动魔法……能抵御远程武器的魔法相当多。希露卡开始在脑中构建魔法的印象。

“爱雪拉，麻烦你在战场上打游击，优先挑看起来比较难对付的敌人下手。”

“我知道了。”

爱雪拉笑着点头回应，随即将薙刀高举过头转了一圈，挟在腋下。

“艾维因？”

希露卡试着呼唤尚未现身的侍者。

“有何指示？”

该说是意料之中吗？艾维因从士兵群中现身了。

“该怎么行动由你自己判断，还请你为提欧大人奔波一番。”

“我明白了……”

艾维因优雅地行了一礼。

“要怎么对付赛维思王亲自率领的主力部队？”

提欧问道。

赛维思王的部队已经有所行动，他们以约百位士兵为一组，分别摆出密集队形。这样的队伍一共约有数十组。

敌军在草原上行进，看上去的确像一只巨大生物。

“和采取密集队形的重装步兵正面冲突，只会徒增伤亡。我已经命令我方的独立君主在战场上散开，让只会突击的敌方军队忙于奔跑。击溃三位男爵后，我们会绕至敌方部队侧面。届时，独立君主们理应会全力反攻。”

“原来如此。”

提欧点点头，然后再次看着奔向自己的敌军。光是看势头，就能感受到他们高涨的士气。

“你已经在脑海里描绘出直到战斗结束时的情景了吧？”

“是的。”

希露卡用力地点了点头。

“我相信事情会如我想象的那样顺利发展。”

“我会努力的。”

提欧拔出长剑。

这时敌军已近在眼前……

4

提欧的部队勉强抵挡了敌方大军发起的进攻，虽然一度反推回去，但很快就向后撤退。

以提欧的圣印为目标，三位男爵穷追不舍。

这时，分散在左右两侧的拉席克部队和聂曼部队发起进攻。

如果对方携手合作，挡下这波侧面攻势想必不是难事——分为三队各自应战即可。

然而，要是被拖下脚步，最大的战功就会从手中飞走，所以三位男爵都决定继续追击。

提欧成功吸引了敌方的注意力，并逐步后退。接着，就如先前安排的那样，躲藏在草丛中的铁匠铺老板和领民们同时站起身子，高声大吼。

虽然人数不多，但足以让敌军短暂停下脚步。

就在这时，提欧转身发起猛烈反击。

希露卡对敌军施展了好几次电击魔法。比起击倒敌人，她更希望对手因看见夸张的魔法而心生恐惧。

敌军陷入混乱，开始撤退。

然而，他们的退路被拉席克和聂曼的部队堵死了。

在这种时候，其实还可以组成圆阵进行防御，或组成纵队设法集中攻破一点。然而，就算身陷绝境，三位男爵仍不肯相互配合。

在敌军陷入混乱之际，银白鳞甲反射着阳光，爱雪拉从天而降，舞动薙刀就是一击。每当她挥动薙刀，就会有君主或邪纹使佣兵的脑袋与身体分家。

君主战死后，圣印会碎裂四散，而邪纹使战死后，身上的邪纹则会解放出来，化为混沌核。希露卡让提欧回收了那些解放出来的混沌核——不能让混沌核白白消散，这也是君主的一大要务。

混战之中，三位男爵阵亡了。三人皆死于短剑之下，谁下的手不言而喻。

三位男爵麾下的君主大多都战死了，没死的基本都选择投降，仅有极少数成功逃脱。

“这怎么可能？”

收到消息后，赛维思王顿时脸色大变。

他率领的重装步兵正追逐着独立君主们的部队，虽然击倒了好几个敌兵，但对方只是不停地逃跑，一直都没进行过像样的抵抗。

就在这时，击败三位男爵的流浪君主领着军队发起突击。

赛维思王立刻下令，让数支重装步兵队上前迎击。

然而，采取密集队形的重装步兵在魔法师眼中就是绝佳的靶子。重装步兵队伍的中央不时发生爆炸，或有闪电四处流窜。

提欧在敌军队形大乱的时候杀上前去，擅长集团战斗的重装步兵逐一在混战之中失去生命。

此时，独立君主们率兵反击。他们躲开重装步兵队的正面，不厌其烦地绕到侧面或背面发起攻势。

赛维思王的士兵都是精锐，挡下了好几波独立君主发起的攻势。然而，这样的优势只维持到提欧的部队出现为止。因为战场很大，所以赛维思王的各支部队被孤立，要逐一击破并不困难。指挥各支重装步兵队的是赛维思王的从属君主，但他们一个接一个战死沙场。

赛维思王的契约魔法师指挥着一支部队，在遇到提欧的部队时，中了一招魔法就宣告投降。希露卡没有解决这几个魔法师，而是把他们收为俘虏。既然上了战场，就有可能落败沦为俘虏。

如果就这样关着那些魔法师，赛维思王就无法与新的魔法师缔结契约，在治理领地上应该会受到耽搁。

重装步兵队在战场上到处逃窜，连赛维思王亲自率领的部队也被战火波及。

然而，要击溃赛维思王亲自率领的队伍果然非常艰难。日落西山，两军退了开来。虽然最后的结果还没出来，但谁胜谁负一目了然。

赛维思王决定撤退。他认为就算在明天展开决战，自己的胜算也不高。

赛维思王的军队趁着夜色撤离了。

提欧并没有发起追击。虽然希露卡准备好了应对的计策，但若在这时击溃赛维思王，他们就赢过头了。

赛维思王失去了将近一半的爵位，虽然依旧是赛维思最强大的君主，但爵位、领地、从属君主、士兵以及最重要的威信都失去了。

提欧毫不吝惜地将获得的圣印分给前来支援的独立君主。

如果有君主的爵位因此得到提升，可以支配更多领地，那就让他去接管原君主战死后处于无人管理状态的领地。这一过程中若独立君主之间有争议，将会在提欧的名义下进行仲裁。

这样做，是为了营造出“赛维思之王从纳维尔·杰尔杰变为提欧·柯涅洛”的印象。

虽然纳维尔向周边的同盟诸国提出“歼灭提欧，瓜分土地”

的建议，但完全没有君主响应。明眼人都看得出来，这场发生在同盟内部的战争若是继续打下去，以奥图克为首的联邦诸国必定会乘虚而入。

因此，纳维尔直接找到贝多利德的玛丽娜·克莱树，希望她能帮助自己收复失土，同时表达出自己有意成为玛丽娜的从属君主。

虽然收到了这样的消息，但希露卡不急着采取行动。

她正与赛维思的独立君主进行商议，希望赛维思的所有君主都像“大礼堂血案”前那样直属于克莱树家。

5

打倒赛维思王麾下的三位男爵后，提欧接收了其中一人的领地和城堡，并把那片领地作为军事据点。

新的领地是连接东西干道的交通要冲，而且这座小城市还被城墙包围着。

城堡建在能俯瞰市区的岩山上，相当坚固。不仅如此，希露卡还在城堡上增建自己设计的防御工事，这样即使遭大军包围，想必也能撑上好一阵子。

虽说得到援军的协助，但面对赛维思王的大军仍取得胜利，让提欧的声望大幅提高。热爱民众的形象传了开来，所以新领地的领民很快便接受了这位新领主。希露卡向领民承诺会降低赋税，同时征召愿意在“爱国者”旗下奋战的士兵。

终于，连希望从属在提欧之下的君主都出现了。他们有的是曾在上一场战争中协助提欧抗敌的君主，有的是出身与提欧相似的流浪君主。提欧和他们细谈了很长一段时间，最后选出数人成为从属君主。

佣兵团找上门来自荐，除此之外，各式各样的人都聚集到提欧的土地上……

“请问这边的领主——提欧大人在不在啊？”

这件事发生在希露卡动身前往贝多利德的前一天。

太阳早已西沉，当时她正在用餐。

门卫传完话后，希露卡决定自己去应付。为收集相关情报，艾维因这时已先一步前往贝多利德。

她从小门的观察窗往外看，只见门外站着一位身穿类似法袍的黑衣服、头上罩着白布的年轻少女。

“晚安！我来自圣印教会！”

少女情绪高昂地说道。

“……不需要，谢谢。”

希露卡立刻拉上观察窗。

“请……请听我说！”

少女慌张地拉高声调，然后“咚咚咚咚”地敲着小门。

“请务必让我和君主大人见上一面！圣印教会愿意资助每一位遵循神的教诲，走上正道的君主！”

看来少女不是普通的信徒，而是一位祭司。

“我们不需要教会的资助。你们做的不外乎把教义强加在他人身上，接着向领民征收教会税，最后要求君主将圣印献给教会对吧？圣印是君主意志的体现，不是你们创造出来的神所赋予的东西……”

希露卡隔着小门说道。

“快回去你的大教堂，祈祷也好做别的事也好，就在那奉献出所有吧。”

“哦，看来你是魔法师呢。你这个操纵混沌的恶魔走狗！”

“‘恶魔走狗’的说法还真是肤浅，我连找恶魔来当走狗这种事也不曾做过。说起来，恶魔其实是异世界的投影体，根本不是与你们杜撰出来的神对立的东西。喜欢的水果就要多拿一点——提出与此类似的教义，对人们进行洗脑的教会才是真正的邪恶。”

“居然说教会是邪恶的！说，说，说这种话可是会遭受天谴的啊……”

门另一边的少女已说不出话，希露卡真希望她可以维持这样的状态一辈子。

“信仰那些因长生而获得超常力量的人物并不是坏事，比如住在瓦尔哈拉界和奥林帕司界的人，就曾在极大混沌时代出手拯救过我们这个世界的人。虽然不知道你们把信仰的对象称为‘唯一神’还是‘绝对神’，但他应该什么都没做过吧？”

“这是因为神明亲自化身为圣印，授予了君主力量。当所有圣印合为一体时，神就会在我们面前现身，而我们将结束痛苦时代，生活在化为乐园的世界之中。”

“真是谢谢你提供了这段毫无根据的假说。如果在皇印诞生的时候那个叫‘神’的家伙真的现身了，那我就开开心心地加入你们的教派。”

“像你这种毫无信仰心的人，神现身后会用圣光烧毁你的身体！”

“嗯，你在劝我现在信教还来得及是吗？这设定还真是方便啊。”

希露卡冷笑道。这种煽动恐惧以诱人入教的方法实在让她感到愤怒。

“可是，已经有很多人信仰我们的教派了。”

“不信的人更多就是了。根据魔法师协会统计局的数据，这片大陆信教的人占不到百分之十。”

“我，我教的信徒数量直线上升中！尤其在君主之间……”

“想不到还有君主傻到会吃‘君权神授’这一套啊。”

从他人手中获得圣印成为君主——这样的制度让他们感到不安，所以若有人对他们说“你的权力是神授予的正当权力”，他们自然会感到安心并产生依赖。

“你们这些魔法师难道就没有用爵位制度束缚君主，然后操控他们吗？”

“我不否定有这样的一面，但教会的最终目的是将所有的圣印献给你们杜撰的神，并让所有君主低头服从对吧？”

“这都是为了让神诞生……”

女祭司并没有否定希露卡的指责。

“让神诞生？会从中诞生的就只有以教会权威为后盾的王而已。”

“能判别出什么是真理的，就只有君主大人。总之，请让我和他见上一面！”

“在你把这些事交由他人去决定的时候，我们就再无讨论的空间了。我已非常明白圣印教会的教义充满了矛盾。那么，再会。”

“我……我不走！侍奉提欧大人这种优秀的君主是我的使命！”

希露卡转过身，吩咐门卫无论发生什么事，都不能让女子进城。

但就在这时，她看见提欧走了过来。

希露卡忍不住叹了口气。

以提欧的个性来说，他实在不太可能二话不说就把那个女子赶出去。

（这下麻烦了……）

魔法师协会与圣印教会总是为大大小小的事相互对立。

君主对魔法师以爵位制度“支配”他们一事大感不满，而圣印教会则巧妙地操控这股不满，提出凭空创造的神才是圣印力量的来源，增加了许多以君主为首的信徒。

（我想提欧大人应该不要紧的，但……）

希露卡明天就要离开领地，她担心在自己离开的日子里情况会发生变化。

教会派过来的是个年轻貌美，身材好到连法袍都藏不住的女祭司，高超的手腕可见一斑。

女祭司应该会不择手段地让提欧加入教会，她只是个虔诚的教徒，因此希露卡也拿她没辙。

（为什么不在教会势力还没壮大起来的时候把他们连根拔除呢？）

希露卡实在很想向作为魔法师协会决策机关的贤人委员会抱怨一番。

梅司特·米德里克、纳维尔·杰尔杰这类鄙视魔法师的君主之所以会与日俱增，也不得不说是受到了教会提出的“圣印神授说”影响。“圣印神授说”可以说是全盘否定了爵位制度。不过，提欧只是个默默无闻的君主，教会竟特意派遣祭司到他的领地，真让人万万没有想到。

（教会势力的规模说不定发展得比想象中的还要大……）

这股势力会对即将到来的圣印大战造成什么影响，就连希露卡也无法预测。

然而，希露卡没有多余的精力去思考这些事，她必须让贝多利德的玛丽娜·克莱榭承认并接纳提欧。

她不认为这项任务会很艰巨。不管怎样，让提欧加入同盟都利大于弊，但希露卡并不知道自己的养父是怎么想的。

这一点很可怕……

不过，和养父见面一事还是让希露卡的内心涌起一股纯粹的欣喜之情。

6

希露卡让爱雪拉担任护卫，低调地来到了贝多利德的首都。

杀害或逮捕担任使者的魔法师是违反协约的行为，但希露卡遇到过梅司特·米德里克这个先例。不仅如此，她还得穿过前不久才交手过的赛维思王的领地，所以大摇大摆坐马车出访自然就不在考虑范围内。

先行前往目的地的艾维因办好了交涉必要的手续，并得到对方的认可。

希露卡刚抵达贝多利德的首都，艾维因就现身前去迎接。因为他曾是侍奉克莱榭家的侍者，所以打探到不少情报。

赛维思王出兵攻打年轻的流浪君主，最后以失败收场——这一消息以轶闻的形式传到了贝多利德的首都。

为民着想的君主面临绝境，听到这一消息的领民赶赴战场与领主一同奋战，这件事也成了讨论的话题。

对君主来说，那个年轻的流浪君主只是嘲笑的对象，但对

普通民众来说，这代表着他们所期盼的，一位新英雄的崛起。理论上，这里的人民越是赞赏提欧，希露卡在交涉中就越有利。

当然，散播传言的工作想必由艾维因一人负责。

希露卡找了一间靠近城堡的旅店入住，换上正式的使者服装后，便出发前往城堡。不愧是同盟盟主所居住的城堡，眼前的建筑巨大且牢固。

不仅如此，成员均为没有领地的从属君主，贝多利德引以为傲的重装骑士团在城堡中时刻待命。

重装骑士团成员所持的圣印在战斗方面经过专门的强化，在克莱榭家代代相传的“龙骑兵”战旗下，威力将更上一层楼。

他们不仅在野外的战斗中有着相当出色的表现，还能在攻城战中发挥出致命的破坏力。骑士团的重弩齐射战术甚至被誉为“龙之喷焰”，是大陆公认首屈一指的劲旅。

艾维因和爱雪拉被要求留在休息室，由希露卡一个人前往交涉。

她原以为和自己会面的只有养父奥贝斯特，想不到同盟盟主玛丽娜·克莱榭也在场。

“好久不见了，希露卡·梅连提丝。”

玛丽娜露出优雅的微笑向她搭话。

她那色泽近似白银的金发在后脑勺处稍稍盘起，余下的长发笔直垂下。她细长的眼眸中有着让人联想到夏日晴空的湛蓝眼瞳，看上去炯炯有神。或许仍在为马帝亚斯大公服丧，玛丽娜穿着包覆全身的黑色礼服。在礼服的映衬下，她那白瓷般的肌肤更加夺目。

希露卡遵照礼仪回了礼。

“在艾拉姆的时候多亏了你我才能捡回一命。若当时继续步上讲台，我和阿雷克西斯想必会被魔物一并杀害。”

“没办法拯救两位大公的生命，真的是非常抱歉……”

希露卡致歉。

“别放在心上，当时注意到混沌正在汇聚并挺身而出的，就只有你而已。”

“虽说事态紧急，但你不觉得有更好的处理方法吗？”

奥贝斯特冷漠地说道。

希露卡将视线投向养父。

“您说得没错。我一心只想驱散混沌，结果让观客们的注意力都集中到我身上，这确实是我的误判。”

最后她的行动被艾维因阻止，来不及驱散混沌。说起来，就算没有受到艾维因的阻拦，当时的混沌能否被驱散还是个未知数。

冷静一想，当时的行动或许可以说是徒劳的。但即使如此，希露卡还是不禁展开行动。

“养父大人，好久不见了……”

希露卡的视线紧紧盯着她的养父。

“现在的我可是克莱榭家的魔法师领班啊。”

奥贝斯特依旧顶着一张扑克脸。

“不过，谈判目前尚未开始。”

玛丽娜说着向奥贝斯特点头示意。

“这样啊……”

奥贝斯特轻咳一声，接着露出有些生涩的笑容，笨拙地张开双臂。

希露卡向玛丽娜行礼后，奔向奥贝斯特用力地拥抱他。

“养父大人……”

奥贝斯特温柔地抱了回去。

“虽然有一阵子不见，但你好像没怎么变啊。”

“我，我还会再成长的……”

希露卡略微羞涩地回应，但马上就想到自己这两年来好像都说着同一句话。

“爱雪拉也来了。”

“似乎是呢。不过，她很讨厌我吧？而且我已不再是她的养父……”

奥贝斯特叹了口气。

“爱雪拉才不讨厌养父大人呢，只是想法合不来而已。”

“嗯，我总与爱雪拉发生争执。虽然我不认为自己的想法有错，但她的想法确实也有一番道理……”

“因为答案不见得只有一个啊，等会儿你们见个面吧。”

“这也要她愿意才行啊……”

奥贝斯特再度叹息。

接着，他转头看向玛丽娜。

“谢谢您赐我与小女叙旧的时间。那么，该到时间了……”

“也是呢。”

玛丽娜点了点头，并让希露卡在桌旁就座。

希露卡坐下后，开门见山地说道：

“关于至今为止的情况，我已在信件中说明过了。我的君主提欧·柯涅洛‘准子爵’希望加入大工房同盟。若您能接受我们的请求，我们将承诺从属于克莱榭边境伯爵的旗下。我们正努力地劝说赛维思的独立君主，让他们以直属的形式归于克莱榭边境伯爵旗下。我想，劝说的结果应该会很顺利。”

“从属于我？”

“既然加入了同盟，我认为从属于盟主——克莱榭边境伯爵是非常理所当然的事。”

希露卡对玛丽娜露出微笑。

“赛维思王日前向我们提出了申诉，他说一个隶属幻想诗联邦的流浪君主正在侵吞同盟的领地，希望我方能协助他夺回领土。”

奥贝斯特毫无抑扬顿挫地说道。

“赛维思王明知我的君主打算加入同盟，却仍为扩张领土发起战争。我还听闻赛维思王打算趁此一役，让赛维思的每一个独立君主都加入他的势力。然而直到不久前为止，赛维思的独立领主不是都直属于克莱榭大公的吗？赛维思王不仅打算私下让这些君主从属于自己，还在战败之际请求玛丽娜大人援助，这样的行为真是让人笑掉大牙。”

赛维思王的求援之举，应该会让他的声望不升反降。

“然而，提欧·柯涅洛起初确实宣称自己是联邦的一员。”

“这是因为我看见前任领主梅司特·米德里克，逼迫我的君主交出以正当手段取得的圣印。为表明拒绝的决心，我们才会在迫不得已的情况下宣称加入联邦。”

“用修饰成分过多的句子引导对方心中的看法……这手法并不高明啊。”

奥贝斯特面无表情地说道。

“失礼了……”

养父的作风一如既往，希露卡无法动之以情，只能选择晓之以理。

“我想，你之所以宣称加入联邦，是基于扩大领地的考量，打算引诱周边的君主攻打自己吧？”

“我不能说自己没有这种意图……”

希露卡并没有否定。

“面对那些心怀不满的君主，实际打上一场，让他们见识一下我君主的实力，这才是解决问题的方法。即使当时宣称加入同盟，我也不认为近邻的君主会为此有所顾忌而放弃动武。不过，在这一状况下交战就属于内乱了，会伤害到同盟的威信。”

希露卡挺起胸膛回答养父的疑问。虽然有些观点是事后才想到的，但此时优先考虑的是合理性。

“你们为守护同盟的威信，反过来宣称加入联邦？”

“因为希望能成为玛丽娜大人的直属部下，所以会这样想是当然的。”

“我也是一位君主，所以明白君主都怀抱着扩大圣印与领地的野心。你的君主目前的爵位在赛维思中排行第二，而且深受独立君主的支持，在这种状况下你们却打算从属于我？”

玛丽娜像是在重复确认一样问道。

“是的……”

希露卡诚恳地点头。

“我的君主相信，争夺圣印的大战一旦爆发，最后获得皇印的赢家肯定就是玛丽娜大人。”

“皇印……”

脸上虽然闪过一丝复杂的神色，但玛丽娜随即就把话题接了下去。

“我当然打算尽自己身为同盟盟主的义务。”

“若您允许我们加入同盟，我的君主一定会竭尽自己所有的力量。”

希露卡站起身子，恭敬地行了一礼。

“我已经明白你的要求了。我们需要花点时间讨论，请你在客厅稍事休息。在稍后的午餐会上，我将会给你答复。”

“好的。”

希露卡再次向玛丽娜敬礼，然后离开了会议室。

7

希露卡·梅连提丝离去后，玛丽娜露出看似满意的微笑。虽然她刚才说“要花点时间讨论”，但心中其实已经决定要采纳希露卡的意见了。

“奥贝斯特，你对希露卡·梅连提丝所说的有何看法？”

玛丽娜向奥贝斯特询问，心想魔法师领班的看法肯定与自己相同。

“她采取的行动非常到位，应该是想在契约君主获得一定程度的爵位后，将立场稳定下来。”

“在极短的时间内，将一个无名的流浪君主扶持成赛维思排名第二的君主，这样的才能实在优秀。”

“就能力而言，确实如此。然而，以一位隶属协会的魔法师来说，希露卡的表现只能说是不合格。在她读魔法学校的时候，我曾建议校长将她筛选掉。校长虽然答应了，但最后却没有实行，因为她被魔法大学的校长和我另一个养女保护着。”

“筛选？”

玛丽娜大吃一惊，她很明白这个词的意思。

“她不是你的养女吗？”

“正因如此，我才不得不这样做。”

奥贝斯特以平板似的声调回应道：

“我有我身为养父的职责，我不能受心念左右，让有破坏规则倾向的孩子成为魔法师。事实上，目前她也严重违反了协约……”

“你是指她与奥图克伯爵的契约吗？”

玛丽娜一问，奥贝斯特便点了点头。

希露卡单方面撕毁与奥图克伯爵维拉尔的契约一事，玛丽娜也知道，这的确是严重的违约行为。

然而，在与希露卡缔结契约的时候，奥图克伯爵似乎用了游走在违规边缘的手段逼她同意。希露卡以牙还牙的反抗行动，反而博得了玛丽娜的好感。

“既然她违反了协约，那么处分便交由魔法师协会决定，这和今天的谈判毫无关系吧？”

“确实是毫无关系……”

奥贝斯特再次点头。虽然他的行为与平时无异，但此时的动作却显得缺乏感情，让人不寒而栗。

“然而，我认为您应该拒绝提欧·柯涅洛这位君主加入同盟的请求。”

“这是为何？”

玛丽娜感到震惊。

她万万没有想到魔法师领班会拒绝养女的提议。

“即使说是计策的一部分，但如果认可了这种宣称隶属联邦，然后扩大领地的君主，您将无法驾驭那些依样画葫芦的人。玛丽娜大人，您必须向家族前人看齐，展现出捍卫同盟君主领地的姿态。若非如此，要让隶属同盟的君主再次从属于自己，就会变得难上加难。”

玛丽娜一声不吭，绞尽脑汁思考奥贝斯特的话语。他所说的确实有理，但对一位君主开个例外应该在容许范围之内吧？

“赛维思王图谋扩张领土，这可是路人皆知的事实，而赛维思的独立君主和百姓都支持这位叫作提欧的君主。”

出现在赛维思的年轻君主，他的活跃表现就连贝多利德的领民都赞誉有加。

“赛维思王纳维尔·杰尔杰有着‘讨伐联邦君主’的大义，只不过就结果来说他吃了败仗。若否定以同盟之名出兵讨伐的行为，想团结一气将越来越难……”

“你是要我摆出强硬的态度？”

“这是我的一己之见。”

魔法师的职责仅是提供意见，做出决定是君主的工作——或许没有比他更能明白这层道理的魔法师了。

即使玛丽娜没有采纳，想必他也是毫不在乎。

“你讨厌那个叫希露卡的养女？”

从他们之间的交流来看，实在很难想象会是如此……

“怎么可能！”

魔法师领班慌张地回应，他维持至今的扑克脸垮了下来，露出一张充满哀戚的面孔。

“我当然与希露卡没有血缘关系，将她收入梅连提丝家是家族的决定。但我们朝夕相处，感情自然而然就深了起来。我是爱着希露卡的。啊……呃，我是指以父亲的身份疼爱她……”

奥贝斯特此时说起话来不如往常那般明确。

“若采纳你的意见，我就得回应赛维思王的要求，出兵讨伐希露卡的契约君主。我想她应该会与自己的君主共同进退。”

“我已做好心理准备……”

奥贝斯特沉重地点了点头，玛丽娜看得出来他是真心感到哀痛。

就玛丽娜所认知的来看，奥贝斯特平时为人相当温和，但只要遇到涉及魔法师领班立场的问题，他就会像失去人性一样收起所有情绪。

“就我看来，将希露卡这位魔法师收归旗下，对同盟的将来比较有利……”

“或许真是如此。事实上，她处理克洛维斯与赛维思的手腕高明到让我吓了一跳。”

奥贝斯特点了点头，然后表情从他的脸上骤然褪去。

“然而，让她加入我方或许会招来致命的祸害。我们的地位目前甚是稳固，用不着冒险服下不知是良药还是剧毒的杯中物。”

“我知道了……”

玛丽娜下定决心。

身为盟主，她必须扛起重大的责任，其中也有不得不舍弃私情的时候。

“虽然觉得希露卡很可怜……”

“不，这是因为她的想法太肤浅。”

奥伯斯特说完后，再次点了点头。

在午餐会的餐桌上，希露卡得知玛丽娜·克莱榭拒绝了提欧·柯涅洛加入同盟的要求。

她是在正餐过后，甜点和茶送上桌子时得知这一消息的。

因为用餐期间的气氛实在是非常融洽，所以大受打击的希露卡险些把手中的杯子摔在地上。

“这是为什么呢？”

希露卡惊讶地凝视奥贝斯特。

奥贝斯特则淡淡地讲述拒绝的理由。

“……我建议你把领地和爵位还给克洛维斯王与赛维思王，并立刻离开那一带。”

他以这样一句话作为结尾。

若希露卡不从，克莱榭家就会接受赛维思王的要求，出兵讨伐提欧。

这时，希露卡恢复了冷静。她也察觉到，就长远的角度来看，如果玛丽娜破例收留他们，那将会对之后的事带来不良影响。

虽说贵为同盟盟主，但玛丽娜的地位远不及父亲马帝亚斯·克莱榭稳固。在此毅然摆出强硬态度，应该有助于同盟的团结。

（是我想得太肤浅了……）

希露卡在餐桌下用力握紧拳头。

“我无法听从您的建言。下次见面的时候，应该是在战场上吧。能和贝多利德的重装骑兵交手，说是好运也不为过呢。”

希露卡露出优雅的微笑。

当然，这是一场绝无胜算的仗，她只能等待失去生命的那一刻来临。

不过，希露卡还是打算在最后一刻到来之前拼尽全力。

（我才不能因这样的事而放弃。我还肩负着实现提欧大人梦想的使命……）

第五章 决断

1

离开克莱榭家的城堡后，希露卡雇了马车沿街道南下。

马车上挂着象征魔法师协会的彩虹旗。

既然同盟拒绝他们加入，眼下就只能指望联邦的帮助。这一带最大的联邦君主，自然就是奥图克伯爵维拉尔·康士坦斯。

希露卡已让艾维因带着她的亲笔信前往奥图克，目前在马车车厢里的，是她、爱雪拉以及凯特希族的巴尔迦礼，车夫则是在贝多利德雇用的。

巴尔迦礼窝在希露卡的膝上，而希露卡则一脸呆滞，机械地抚摸着猫妖精的背。

“太没道理了！”

踏上前往奥图克的旅途后，爱雪拉就不断喊着这句话。

曾是爱雪拉养父的奥贝斯特居然拒绝了希露卡的请求，这让她无法接受。

“他老是这样！一直把‘不能感情用事’挂在嘴边，结果根本没察觉到自己的立场早就出现了偏颇！魔法学校那时候也是一样！”

在读魔法学校的时候，希露卡险些被筛选掉。希露卡在魔法学校的毕业考上遇到意外，险些丧命，当时爱雪拉放弃自己的毕业考，保护了希露卡。

希露卡原以为那只是单纯的意外，后来才得知是因为校方收到了筛选的指示，而且幕后主使还是自己的养父奥贝斯特。

要不是魔法大学的塞浦路斯校长承认了希露卡的入学资格，想必还会有别的“事故”发生在她身上。

进入魔法大学后，希露卡老实了许多，不再被列为监管对象。爱雪拉则成了魔法师协会的代理人，并有了获得地下消息的渠道。不对，说爱雪拉当代理人为的就是这一点也不为过。爱雪拉曾向希露卡发誓，不管遇到什么样的危机，她都会保护希露卡。爱雪拉会在身上烙下邪纹，也是为了守护希露卡，她希望以此让自己变强。

“反正我爱唱反调，也经常不守规矩……”

希露卡无力地抬起头说道。

“希露卡，你还是个孩子，就算稍微反抗一下、稍微不守规矩，骂一骂就好了啊。但那个人总认为‘因为面对的是自己的养女，所以不能感情用事，绝对要严格对待’，这次也不例外。虽然不开先例确实很重要，但我们又没有无理取闹，而且希露卡可是他的养女啊，通融一下也没什么关系吧？这是人类的处世之道啊！被称为铁血伯爵的尤尔根·克莱树也抛下与联邦的决战，为守护家族而退兵了呢。”

在退兵的时候，尤尔根的一位从属君主愤而拔剑相向，铁血伯爵的一生就此写下句号。虽然就盟主的身份来说，尤尔根的决定是失格的，但却是人之常情。

“我明白契约魔法师放下私情与私欲的必要性，但他并不明白如果贯彻得太彻底，那将会变成不正确的平等！”

“别再说养父大人的坏话了……”

希露卡语带哭腔。

“我考虑不周也是事实。我急着在短期内提升爵位，没察觉宣称加入联邦是失策……”

“那我问你，有多少人察觉到那是失策？要是那个人没这么说的话，我看根本没人会想到！”

爱雪拉仍怒火中烧。

“要是在战场上碰到了那个人，我就替你把他的头砍下来！”

“别这样……”

希露卡的眼泪开始一颗颗落了下来。

“养父本来就是这样的人，他只是做了应该做的事……”

“希露卡……”

爱雪拉从座位上起身，抱住了希露卡。

接着，希露卡大哭起来。

爱雪拉很清楚养父平时是个温和善良的人。虽然是个笨拙的父亲，但还是努力地照顾她们，在百忙之中也会尽量抽出时间和她们相处。

希露卡曾非常喜欢他，爱雪拉也是如此，但在魔法学校的那起事件后，爱雪拉便开始提防养父。

巴尔迦礼似乎松了一口气，从希露卡膝上跳到旁边的座位。要是像刚才那样一直被摸下去，恐怕到奥图克时它的毛都秃了。

“若好色伯爵愿意提供协助，我们就还有希望。赛维思王以外的君主对这次的决定想必感到非常困惑，因为大家都认为玛丽娜·克莱榭会让提欧加入同盟。”

“我曾试着交涉，但机会似乎不大。因为我违约在先，让奥图克伯爵丢了面子。”

“他不是好色伯爵吗？说不定会喜欢这一类型的女生呢。”

“硬要分类的话，我认为他属于施虐的那一方。毕竟他总是和年轻的女魔法师缔结契约，还让她们穿这种法袍呢。”

希露卡说着敞开斗篷，此时她穿着奥图克伯爵赠予的法袍。

她打算以此讨奥图克伯爵的欢心——虽然有可能会带来反效果。

“不知道他会不会也对我有兴趣呢，这样一来就可以反过来调教他了……”

爱雪拉自言自语。

为了帮助希露卡，爱雪拉可以毫不在乎地献出自己的身体或生命。虽然没有血缘关系，但爱雪拉一直把希露卡当作唯一的妹妹。因为养父是那样的人，所以能守护希露卡的就只有她了。她打算就这么奉献下去，直到希露卡不需要自己为止。

然而爱雪拉就是再强，能做的事情仍旧有限，面对贝多利德的大军，一个人是影响不了战局的。

（就让那家伙在战争结束后，对着我和希露卡的尸体痛哭吧！）

2

当希露卡一行人乘坐的马车抵达奥图克时，先行出使此地的艾维因前来与她们会合，并传达了伯爵愿意商量的消息。

不过，就算伯爵没让希露卡吃闭门羹，也不代表他愿意接受提案，希露卡甚至还有可能被抓起来处刑。虽然这么做违反了协约，但毕竟希露卡有错在先，魔法师协会惩罚伯爵的概率并不高。

毕竟是自作自受，所以希露卡做足了心理准备。她请求爱雪拉即使出了状况，也不要起身反抗，并交代艾维因若她死了，就去寻找下一个主人。

艾维因与爱雪拉在马车上待命，前去交涉的仅有希露卡一人。怀着悲壮的决心，希露卡踏入奥图克伯爵的城堡。

前来迎接她的，是与奥图克伯爵缔结契约的魔法师长玛格莉特——并没有看见伯爵的身影。

“伯爵说，现在还不是与你见面的时候。”

或许是察觉到了希露卡来来回回的视线，玛格莉特静静地说道。

接着她改变语气，用如烈火般的激烈口吻说：

“你的交涉顺序错得离谱！”

希露卡想起这位学姐在读魔法大学的时候，总被称为“业火玛格莉特”的往事。

她出身于一个崇拜火焰的边境民族，是一位自然魔法师(shaman)。所谓的自然魔法师，是指用独特的自然观创立魔法体系的人。魔法师协会在创立时期聚集了来自大陆各地的自然魔法师，后来才逐渐发迹。

在自然魔法师之中，也有不加入魔法师协会的人，不过玛格莉特所属的边境民族与魔法师协会素有往来。她以留学生的名义直接进入魔法大学，所以不属于哪一个魔法师家族，全名也只有“玛格莉特”四个字。

虽然没上过魔法学校的基础知识课，但她以实际行动证明了自己是个天才。玛格莉特在元素魔法方面的表现尤为出色，据说她已学会究极的火元素魔法。按照常理，玛格莉特应该会在学成之后返乡，成为部落的魔法师，但她却被相中，不得不成为奥图克伯爵的契约魔法师。

虽然际遇与希露卡十分相似，但玛格莉特接受了自己的命运，一路做到魔法师领班这个位置。因为就要二十五岁，所以她与奥图克伯爵的契约即将终止。就某方面来看，说不定希露卡是被选来接替她的。

“你去了贝多利德，想让对方同意你们加入同盟对吧？”

玛格莉特像训斥一样说道。

“是这样没错……”

因为无法否认，希露卡只能点头承认。

“你本该与奥图克伯爵家缔结契约，结果却单方面撕毁约定，选择侍奉流浪君主，还在当地引起了战乱。很难想象这是出于与你缔结契约的那位君主的意愿。”

“是我向提欧大人献策的……”

“你在大学没学过‘魔法师只能是君主的辅佐者’吗？”

“塞浦路斯校长和我说过超一百次了……”

这不是在开玩笑，每次碰面塞浦路斯都会这么叮嘱她。

“听了一百遍仍无法遵守，就代表你是个无可救药的蠢货，你就乖乖接受报应吧。”

“我已有心理准备。我并不在意自己会有什么下场，但我希望我的君主提欧大人能够获救。”

“我可不会管你君主的死活。你这情况应该适用于火刑吧？可以的话，我甚至想在此时此刻行刑呢。”

“以玛格莉特学姐的身手，应该可以把我烧成很漂亮的灰烬吧……”

“很可惜，你错了。我会用小火慢慢炙烤你。”

希露卡觉得这应该是世界上最可怕的死刑之一。不过，如此严重的刑罚或许与自己很相称——她如此心想。

“我最不能原谅的部分，是你让伯爵蒙羞这一点。而且如果你成功加入同盟，就会准备灭掉奥图克伯爵吧？”

“为了让同盟获胜，这是迫不得已的。”

“而你在计划失败之后，居然还有脸出现在这里？”

“既然上上之策失败了，就只能退而求其次……”

希露卡像她的养父那样冷漠地回答。

“若维持现状，我的君主绝无胜算。当提欧大人战败、赛维思所有的君主都直属于贝多利德后，周遭的同盟诸国就只能跟进。届时，想必同盟的势力会在克莱榭家的旗下团结一致。若是如此，目前还是一盘散沙的联邦一定无法与其抗衡，而同盟的首要猎物，想必就是奥图克。”

“这我在大礼堂血案发生的时候就知道了……”

玛格莉特抬起下巴，朝希露卡投去炽热的视线。

“然而，若提欧大人能活下来，克莱榭家的声望将一落千丈，团结同盟的步伐也会因而变缓。奥图克伯爵若趁此机会征服这一带的同盟国家，打通连接西方伊斯梅雅的道路，那陷入绝境的反而会是贝多利德。”

希露卡诉说道。

“你想说的是，为了伯爵好，奥图克理应出兵搭救你的君主？”

“不……”

希露卡将眼睛眯得像线一样细。

“我想说的是，伯爵若不出手救援，就会在不久的将来面对被毁灭的结果。”

“臭丫头！你打算威胁伯爵？”

“这不是威胁，我只是在阐述自己的推论。”

“奥图克没那么容易被击败。从上一代家主开始，同盟就

屡次侵略这个国家，但都一再铩羽而归。这个国家利用复杂的森林和湖泊地形，将聚落化为军事要塞。不仅如此，领民们还亲自拿起武器守护家园。我国有许多身为自然魔法师的魔女，还有被称为‘不死者之王’‘狼人女王’的超常人物。更重要的是，我的主人维纳尔大人有着能与铁血伯爵尤尔根·克莱榭比肩的战争才能，在雷加利亚征服战中，站上前线指挥的正是维拉尔大人。”

“什么？那个好色……”

希露卡说到一半惊觉不对，连忙把话吞回肚子里。

“维拉尔大人很清楚魔法大学的人是如何称呼他的，毕竟我也曾这么喊过。不过，我到了这边才明白，原来奥图克地区自古就有魔女信仰，认为施展魔法的只能是女子。伯爵为了让领民能浅显地明白他的立场，才决定只与女魔法师缔结契约。他之所以和年轻的女子缔结契约，并在二十五岁时解除，是因为考虑到我们的未来。有些女魔法师因为缔结了终身契约，所以无暇结婚也无法生子，伯爵觉得她们很可怜，才会选择这样做。事实上，有许多魔法师终其一生未婚无子。”

“这都是因为没有谈恋爱的时间呢。君主对自己的契约魔法师下手，这样的事我时有耳闻……”

因为被称为“好色伯爵”，所以希露卡一直以为和奥图克伯爵缔结契约后，自己也会被那样对待。

“我明白你想说什么，但绝对不能将维拉尔大人和那些家伙混为一谈，因为他对结婚一事有着非常严谨的考量。他对每个女子都很温柔，绝对不会强迫她们。”

希露卡听了大受冲击。

“或许我对伯爵有一些误解……”

如果奥图克伯爵的为人真如玛格莉特所言，那她有可能受谣言影响而出现了误判。

（明明让艾维因调查一下就能明白的……）

希露卡低头不语。

维拉尔不顾希露卡的个人意志强行与她缔结契约。正是因为被这一行为惹怒，希露卡才连调查都没有进行……她现在穿着的法袍给人的印象过于强烈，也是原因之一。

然而，如果她没有自暴自弃与提欧缔结契约，至少就不会让提欧面临生命危险。

（虽然现在说再多也挽不回了……）

若能听进塞浦路斯校长的话，恪守魔法师的职责，或听从养父的教诲，在行动的时候抑制自己的感情，不偏向任何一方，事情想必不会发展成这样。

“玛格莉特学姐……”

希露卡紧盯着这位在大学时代被称为“业火”的魔法师。

“怎么了？”

“能请你行个方便，让我和伯爵见上一面吗？我不是要和他谈判，而是想亲自为自己的失礼致歉。”

“我说过了，伯爵认为现在不是和你见面的时候。”

玛格莉特立刻回应。

（这也难怪……）

希露卡垂下头。

然而，她马上又抬起头来。

“那么，伯爵愿意救助提欧大人的可能性是？”

希露卡抱着最后一丝希望询问道。

“你想一想就知道了吧？”

玛格莉特生气地回答。

（完了……）

希露卡觉得眼前一片漆黑。

联邦不会派兵救援，他们只能独自对抗同盟的大军。

3

希露卡搭乘马车离开奥图克伯爵的城堡后，回到了提欧的领地。

若只将“和奥图克伯爵交涉过了”的事实散播出去，或许还能对贝多利德有所牵制，但在希露卡回到领地的时候，连交涉失败的结果都传得满天飞了。

贝多利德有好几个像艾维因那样的“影子”，这肯定是他们刻意散播出去的。

希露卡回到城堡，便前往提欧的房间进行汇报。

提欧无言地听完后，展露笑容安慰她。

“真的……非常抱歉……”

希露卡承受不了提欧投出的视线，头垂得就像要把身体折断一样。

“你对接下来的局势有什么预测？”

提欧让希露卡坐下，自己也找了张椅子坐着。

希露卡垂着头坐在椅子上，下定决心后抬起了头。

“我们只能前往作为防守据点的城，关起门来打守城战。虽然没有援军的守城战就只是单纯在拖延时间，但如果我们能展现出实力，那即便最后必须投降，多少也有一些谈判的本钱。首先要确保的是提欧大人的性命，再来是圣印，接着才是从属于谁，以及能保留多少领地……”

“对方会要求什么呢？”

“听说赛维思王若能让赛维思的所有君主都听令于他，就会提出从属于贝多利德的请求。不过，除非能直属于克莱榭家，否则赛维思的独立君主应该不会响应。他们之所以在上一场战争中帮助您，只是为了守护独立的权利而已。”

“依赛维思王的行事风格来看，他应该会把这些独立君主抹黑成联邦的同伙。”

“是的，他应该想利用贝多利德的军力收复失土，不仅如此，还打算统一整个赛维思。”

“贝多利德会有什么反应？”

“应该会同意吧。克莱榭家之所以拒绝提欧大人的从属请求，就是为了避免同盟诸国的君主之间发生争端。他们应该是认为，若想再一次让君主们臣服于克莱榭家之下，就得摆出相当强硬的态度。”

“这是你养父的主张？”

“我认为是的。在和玛丽娜大人交谈的时候，我认为她打算同意提欧大人的从属请求……”

“我对此是很乐观的，但没想到事情并不顺利呢。”

他露出了苦笑。

“是我考虑不周。”

“这也是没办法的吧？毕竟至今的发展都太顺利了。”

提欧看起来不怎么在意。

“和大家说明原委，然后尽快转移到那座城吧，得在敌军到来之前做足准备才行。”

“遵命。”

希露卡站起身子，恭敬地向提欧行了一礼。

事已至此，就只能打一场让拒绝提欧加入的养父感到追悔莫及的仗，并在这样的状况下进行交涉，尽可能多争取一些有利条件。

第二天，提欧率兵转移至另一座城。

这座城属于赛维思王麾下三男爵的其中一位，他在上一场战争中阵亡了。男爵将背靠高耸断崖的岩山彻底打造成要塞，可以容纳约五千人。

话说回来，现在还不知道有多少援军会过来。目前提欧麾下有拉席克、聂曼，以及被选为代理城主的培托尔三人，在上一战结束后宣誓效忠的独立君主与流浪君主五人，士兵则约有五百人。从艾拉姆叫来增援后，葛拉柯队长的佣兵队目前已有十人，据说其中还有一个远近闻名的邪纹使狙击手。

然后……

“你还在啊？”

希露卡在城内看见圣印教会的女祭司，顿时皱起眉头。

在她身边约有十个士兵，他们穿着的外衣都绣有象征圣印教会的灵光纹章。

“这是当然的。我被教会派遣到这里来，就是为了协助提欧大人。”

女祭司摆起架势进行回应。

“嘴上说是协助，其实只是盯上提欧大人的圣印而已吧？要是这场战争输了，他的圣印搞不好就会消失。”

“只要提欧大人生命尚在，我也一息尚存，那么我协助他的目的就不会改变。与提欧大人交谈过之后，我已经认定他是个值得自己舍身保护的君主了。”

女祭司一脸严肃地说道。

因为先前外出的时间相当长，所以希露卡做好了女祭司会伺机接近提欧的心理准备。

“你……难道没劝提欧大人入教？”

希露卡进一步追问。

“他很感兴趣地听了我阐述教义！”

女祭司不服输地把脸凑了过去。

“听你的回答，看来宣扬教义的作战失败了啊。”

希露卡嘲笑道。

“他允许我在领地内传教了！我总有一天会在这里修建修道院！”

（那也得这片领地能维持下去才行啊……）

希露卡叹了口气。

若是战败，圣印和领地都被没收的可能性相当大，提欧甚至连生命都有危险。赛维思王肯定会为一雪前耻而奋力作战。

不过，提欧没被教会洗脑可说是好事一件。说实话，希露卡连提欧允许女祭司传教这一点也有所不满，但既然是提欧亲口做出的承诺，那就没办法了。她认为以提欧的性格，事情会发展成这样也是在所难免的。

（那我就仔仔细细地观察圣印教会的做法吧。）

希露卡暗自下了决心。

尽情利用能利用的地方，若有危险就立刻铲除。

“我叫希露卡，你呢？”

希露卡自报姓名并伸出了手。

“我是普莉希拉……”

报上姓名的女祭司虽有所犹豫，但还是握住了希露卡的手。

这时，希露卡感应到一股并不太强的圣印之力。

“你也是君主？”

希露卡惊讶地看着普莉希拉。

“我持有圣印，但这是主教大人授予我的……”

“我知道圣印教会一直在收集圣印，但没想到像你这么年轻的祭司居然能获授圣印。”

这件事很重要，因为圣印教会所拥有的圣印，不适用于魔法师协会制定的爵位制度。

“为了复活神，我们必须收集所有圣印……”

普莉希拉双手在胸前交握，像祈祷一样呢喃。

希露卡虽然看得出她确实个虔诚的信徒，但还是认为圣印教会的教义设计得太过“精巧”了。教会势力迅速崛起，让人心生疑惑，在魔法师之间流传着教会与暗魔法师私底下有所联系的说法。但话说回来，对隶属协会的魔法师来说，无论发生什么事都先怀疑与暗魔法师有关，是再正常不过的事。

（暗魔法师只是不隶属于魔法师协会而已，不见得都是坏人，也不一定总是图谋不轨……）

不过，据说大陆上确实有意图推翻魔法师协会的暗魔法师地下组织。而且，这个组织的许多成员还是从魔法师协会“跳槽”过去的。

魔法学校的筛选制度之所以会严格起来，似乎也和这件事有关。就这层意义来说，希露卡可说是受到了暗魔法师的间接祸害。

不过，无论是暗魔法师的地下组织还是圣印教会，都由魔法师协会的核心——贤人委员会决定该怎么应对，像希露卡这样的小喽啰根本没资格干涉。希露卡对协会的做法是否正确心存疑虑，但协会在数百年间屹立不倒，还维持了大陆的安定，这也是事实。不过，随之而来的财富与权力让许多人感到忌妒与畏惧，魔法师之中还出现了因此沾沾自喜，不思进取的人。

协会时至今日仍对君主之间的争斗持中立态度，不过，一旦争夺皇印的大战爆发，协会能否坚持立场就很难说了。若统一大陆的王真的诞生了，他想必会逼迫整个魔法师协会与其缔结契约。至于契约会以何种形式进行，就连希露卡也不清楚，而这也不是小喽啰该去思考的事。

和普莉希拉告别后，希露卡踏入矗立于岩山山顶上的城堡。

提欧和他的从属君主正聚集在大厅之中。

（没有人离开呢……）

提欧召集所有从属君主，告诉他们目前的绝望局势，并表示同意他们解除从属关系。希露卡原认为会有好几个人就此离去，但他们似乎都决定与提欧同生共死。

（都是我考虑不周害的……）

虽然想找个地方躲起来，但希露卡还是在从属君主们的视线下挺起胸膛走进大厅，来到提欧身旁。

然后她转过身子，逐一审视众人的神色。

希露卡感受到他们强烈的决心。

“很遗憾，贝多利德边境伯爵玛丽娜·克莱榭没有接受我们的提案，他们将会与赛维思王纳维尔·杰尔杰‘准子爵’组成联军攻打此地，而联邦不会派兵支援我们。我们将坚守城池，迎击敌军。虽然取得胜利极为不易，但在不战败的状况下收场并非不可能。为此，我们必须抱着必死的决心迎战。所幸，由于赛维思王意图将领地内所有的独立君主从属于自己，所以赛维思的独立君主应当都会站在我们这边。他虽然也向周边隶属同盟的国家寻求支援，但对那些君主来说，出兵对他们完全没有好处，应该是不会有人响应的。”

“换而言之，对手就只有贝多利德和赛维思王而已吧？”

莫雷诺用轻佻的语气说道。

平时听他这样说话会很气愤，但希露卡这时反而松了口气。或许是神经绷得太紧——希露卡暗自训斥自己，重新振作起来。

“不过，即使如此，对方的战力仍是我们十倍以上……”

希露卡效仿自己的养父，淡然地说道。

“虽然人数太多也是麻烦，但棘手的地方在于贝多利德的重装骑士啊。”

拉席克露出苦笑。

拉席克的父亲曾是个远近闻名的佣兵，经过他的锻炼，拉席克在一对一的战斗中有着出色的表现。拉席克麾下的士兵都受过严格的训练，而他本人则在先前的战斗中强化了圣印，获得扬起“斯巴达”战旗的能力。这面战旗能提升每一个士兵的力量，让他们化身为凶悍威猛的战士，所以拉席克的部队无疑是提欧军中最强悍的。然而，这支部队在混战之中才能发挥本领，若是对上摆好队形向前挺进的贝多利德重装骑士，他们便束手无策。

“若是在野外开战，我们绝对不是他们的对手。虽然我们守在城里，但有时也需要出城发起攻势，到时候就有劳拉席克大人了。”

“只要对手露出破绽，我们随时都可以出发。”

拉席克发出有力的回应。

第一个从属就是如此勇猛的君主，只能说提欧的运气真的很好。拉席克可谓是能在乱世之中大放异彩的人才。

“请各位在敌军攻来之前，熟悉好城里的构造及周边的地理特征，毕竟这是我们最大的武器……”

希露卡说着转头看向提欧，对他使了个眼色——这是要他说点话为这次会面做个总结的意思。

提欧抬头看了众人一圈。

然后，他露出笑容说道：

“各位，我们一起创造奇迹吧。”

这句话让从属骑士们深深地点了点头。

（我不喜欢“奇迹”这个词。）

希露卡如此心想。

因为“奇迹”仅代表单纯的偶然——概率极低的偶然。不过，面对这场战争，希露卡打从心底希望这“概率极低的偶然”能够发生在他们身上。

4

十几天后，贝多利德军在赛维思王军队的带领下来到提欧等人闭门死守的城池附近。

他们的军队约有一万人。

不过，在开战前提欧召集到了友军。

若提欧输了这场战争，独立君主们就得从属于赛维思王，对此感到不快的独立君主决定前来支援提欧。和先前的战争一样，也有不少提欧领地的领民来到前线。因此，提欧一方最终约有三千兵力。

在开战之前，贝多利德的魔法师领班奥贝斯特以使者身份前往提欧的城堡，宣读了劝降书。投降的条件十分严苛，先是得交出盟主提欧的生命，剩下的君主则必须彻底放弃圣印与领地。当然，这样的要求没人愿意接受。

提欧大人希望能保留赛维思所有君主的圣印与领地，并直接隶属于克莱榭家之下——希露卡如此回应，但对对方来说，这也是个无法接受的提议。

正常来说，在战斗进行到一定程度的时候，双方会以谈和为目标接连提出让步条件。赶尽杀绝的情况相当少，毕竟这样做对双方君主都没有好处，而期盼大陆和平的魔法师协会也绝不希望发生这样的事。

希露卡认为，即便没法取得完全胜利，也要在对方做出一定程度的让步后才败北。为此，他们必须拼死抵抗，给予敌军打击。

礼貌性的交涉结束后，战争终于要开始了。

提欧坚守的城有三道城门，正门位于岩山南侧，东西两侧各有一道小门。岩山北侧是断崖，其下有河水流过。三道门都建了城墙、箭塔与堡垒进行防御。即使城门被攻破，山脚与山顶之间也还有许许多多的防御工事。

她不认为这座城会轻易被打下来，若敌军强行发起进攻，只会造成无谓的牺牲。

希露卡站在正门的堡垒上，眺望沿着岩山山麓呈扇状布阵的敌军。敌军中央为贝多利德的主力部队，东侧是机动部队，西侧则是赛维思王的部队。

至于提欧一侧的情况，提欧亲自镇守正门，东门由聂曼守卫，西门则交给拉席克。城门之间并不互通，必须经过城堡才能前往别处的城门。因此，若某一道城门陷入苦战，将会由城堡派出援军进行支援。坐镇城堡的，是被选为代理城主的培托尔。

不久，贝多利德的重装骑士开始列队，踏着整齐的步伐走向正门。前进的士兵大约只有全军的一半，相当多的兵力留在了后方。如此布阵，似乎是在防范从后方来袭的攻击。

是在担心奥图克伯爵派出援军吗？但他们应该早就收到交涉失败的情报才对——毕竟传播这一消息的应该就是贝多利德的密探。既然知道奥图克不会派出援兵，那他们理应不需防范后方……

（是因为要谨慎地应战吗？）

希露卡的养父为人谨慎，他应该会将所有可能性纳入考量范围，然后拟定计策。不过，若敌军在防范根本不会到来的援军，这样反而对希露卡他们有利。

至少涌向正门的不是贝多利德的全部战力，这样防守起来会轻松许多。

（爱雪拉，交给你了……）

希露卡在心中呼唤道。

在正门前方的山脊上，有一座可称之为小据点的堡垒，爱雪拉就在那里。

驻守这座堡垒的，就只有爱雪拉和葛拉柯队长率领的十人佣兵队。十一个人进去后，堡垒显得极为拥挤，这不仅是因为空间狭窄，更是因为里面堆满了大石块。石块的大小恰好可以装在投石机上发射，不过堡垒内没有投石机——发射这些石块正是葛拉柯队长的任务。

爱雪拉站在凿有射击孔的石墙上方，右手握着薙刀。

贝多利德的骑士们手持重弩，慢慢地挺进。骑士与马都穿

上了厚重的铠甲，在行进时发出震天的摩擦声，跟在他们后方的则是一大群步兵。

“我不会轻易让你们通过的。”

爱雪拉眯细了眼睛。她擅自将这座堡垒命名为“爱雪拉堡”，展现出死守不退的意志。

“由我送诸位上黄泉路吧……”

爱雪拉轻声呢喃，然后双手握着薙刀在头上耍了几圈，将其挟在右手腋下。

“队长！拜托你了！”

爱雪拉转头看向葛拉柯。

“嗯哼！”

葛拉柯充满干劲地点头回应。

接着，他的皮肤转为铁灰色——身体变得如钢铁般坚硬。之所以会这样，是因为葛拉柯在胸口烙了能改变肉体的邪纹、在两臂烙了能发挥超常怪力的邪纹。

葛拉柯队长根本不把巨大的石块当一回事，用力高举过头然后向前抛去。

石块划出一道抛物线，在加速度的作用下猛然坠地。

敌军就在石头的落点上。石头发出呼啸声高速逼近，但贝多利德的骑士们并未慌乱，他们举起手中的重弩瞄准石块。弩上虽无矢，但弦已拉满。

伴随一阵巨响，重弩发射了。曳着白光的弩箭飞上空中，将葛拉柯投出的石块打得粉碎。化为碎屑的石块洒在骑士身上，在人与马的铠甲上发出干瘪的闷响。

（利用“龙骑兵”战旗强化人与马，骑士们则以自己圣印的力量创造出圣之弩箭。被弩箭击中不是炸得粉碎，就是被贯穿……）

虽然学过相关知识，但爱雪拉还是在亲眼见识之后才感受到它的可怕之处。既然能把石块炸碎，那么城墙与城门也就不在话下。

（搞不好要和大家一起手牵着手前往瓦尔哈拉界呢。）

瓦尔哈拉是与现实世界相连的其中一个异世界，是奥丁率领的勇猛神明所居住的天界。爱雪拉在外观上模仿的对象——瓦尔基里，职责便是侍奉这些神明。在极大混沌时代，为拯救人类，瓦尔哈拉界的众神与精灵不时会让投影体降临在现实世界。据说瓦尔基里会随真正的战士一同赶赴战场，授予战士们力量与勇气。当战士战死时，瓦尔基里便会带他们前往自己的世界。

因此，瓦尔基里深受战士欢迎。爱雪拉在决定成为佣兵的时候，便刻意模仿瓦尔基里的形象。因为这样，就算加入血气方刚的粗暴佣兵团，她也很快就能得到认同。包含葛拉柯队长在内，防守此地的佣兵全都和她成了朋友。

“队长就继续像这样扔石头，其他人则射箭攻击。”

爱雪拉下达指示。

“知道了。”

佣兵们架起弓箭，朝斜上方进行射击。箭矢朝重装骑士飞坠而下，但骑士们并没有躲避的打算。

虽然有几支箭命中了人与马，但却射不穿坚硬厚实的铠甲，只是轻轻刮出几道金属摩擦声。

（果然会是这样……）

爱雪拉叹了口气。

葛拉柯扔出的石头被重弩悉数击碎，而重装骑士在保持队

形完整的状况下逐渐逼近城门。

“卢卡斯！”

爱雪拉转过头，呼唤蜷缩在堡垒一角的邪纹使狙击手。他是应葛拉柯队长的要求，从艾拉姆主力部队中前来支援的佣兵之一。

“该我上场了？”

这位瘦削的长发男子缓缓起身。他的邪纹以左眼为中心向外扩散，直至右眼的眼球，双臂到胸口之间亦有两道长长的邪纹，可以看出烙在他身上的混沌相当多。

他是一位寡言且冷酷的狙击手。

“麻烦你直射两箭。”

“好的……”

卢卡斯点点头。

接着，他探出墙壁迅速射出两箭，随即躲回阴影之中。

爱雪拉看见有两个骑士中箭落马。不过，敌军随行的士兵立刻冲上前来，将被射倒的骑士搬运至后方，就连骑士的战马都有人负责牵走。

爱雪拉不禁在心中发出赞叹。贝多利德的骑士团确实训练有素，说他们是为战斗而生的集团也不为过。

（不过，这下他们就不能忽视这座堡垒了呢。）

爱雪拉露出微笑。

要是对方毫不理会，那么在外头设立小据点就没有意义了。希露卡待在正门，爱雪拉不愿让她冒被弩箭射中的风险。

爱雪拉仔细地观察骑士团的动向。

骑士们终于停止行军，他们将重弩转向堡垒。

爱雪拉垂下薙刀，摆起下段架势。

随后，重弩齐射。作为堡垒墙壁和台基的岩山被弩箭击中，顿时炸得一塌糊涂。石墙被轰飞，岩石崩塌碎裂。

现场扬起一大片尘埃。

爱雪拉同样位于无数弩箭的射线上。用薙刀挡开数支弩箭后，随即一个跳跃躲过了箭雨，她就这样跳进了石墙后方。

这时的墙壁已经有好几处坍塌。说起来，这座堡垒是为应付此次战争赶工而成的，结构十分简单，并不能期待它会有多坚固。

“看来是撑不了多久了……”

重弩的威力实在惊人，但既然发射弩箭需消耗圣印的力量，那也就代表他们并不能无限次发起进攻。刚才的诱敌行动有着消耗敌方战力的用意。

箭雨仍不断落在堡垒上，石墙与台基随之剧烈崩落。

“你们撤退吧，退至正门并等待希露卡的指示。”

“爱，爱雪拉，你呢？”

就算张嘴十分困难，葛拉柯队长仍极为迟缓地问道。

“这可是以我名字命名的堡垒，我不能就这样乖乖撤退，我去大闹一番再回来。”

“太乱来了！”

“你想送死吗？”

其余的佣兵高声叱喝。

“好了，你们就好好看着吧……”

爱雪拉露出笑容回应道。

“快点后撤吧，这里很快就要塌下来了。”

佣兵相互看了一眼，随即奔出堡垒。他们沿山脊的道路移动，再利用早已设置好的绳索沿斜坡滑行，到达的地方正是镇守正门的堡垒。

就在这时，爱雪拉所在的堡垒发出尖锐巨响，从台基上垮了下来。

眼看就要被崩落的土石吞没，爱雪拉却气定神闲，她以石墙和岩块作为立足点不断跳跃，在没被坍塌波及的情况下平安落地。即使从略高的地方跳向地面，她那烙有邪纹的脚也能彻底吸收冲击。周遭扬起一片沙尘，几乎让人睁不开眼睛。

然而，爱雪拉深戴紧附有羽饰的头盔，缩起下巴，在沙尘中跑了起来。

沙尘散去的时候，贝多利德骑士团就出现在她面前。

对方似乎没有料到她会发起袭击，完全来不及架好重弩。

爱雪拉跳入敌阵，挥舞薙刀左劈右砍。骑士虽有精良的铠甲，但爱雪拉的薙刀将之劈开，直接撕裂下方的肉体。贝多利德骑士团不禁陷入混乱，开始向后撤退。

孤身一人无法发起追击，所以爱雪拉看准时机便往后方使劲一跃。她打算就这么跳进城门内侧。

然而，在爱雪拉跳到半空的时候，骑士们瞄准她射出了弩箭——其中一发贯穿了她的盔甲，直接命中右胸。身体被刺穿的冲击让爱雪拉险些停止呼吸，一股温暖的液体随之涌上喉头。

（糟了……）

虽然清楚自己受的是致命伤，但她勉强维持住意识，成功落在正门堡垒的顶上。然后，爱雪拉倒下了。

“爱雪拉！”

希露卡倒抽一口气，连忙奔向爱雪拉。

她在堡垒上目睹了爱雪拉被击中的整个过程。

“我已经不行了……先走一步……希露卡……希望你不要

跟着我过来……”

吐出大量鲜血后，爱雪拉拖着颤抖的嗓音说出这句话，接着失去了意识。

“我，我这就帮你治疗……”

希露卡愣愣地说完，随即命令附近的士兵前来帮忙脱下爱雪拉的盔甲。

剪开衣服露出伤口后，希露卡感到一阵绝望。爱雪拉的右胸被开了一个大洞，鲜血源源不断地往外流。

右肺被打烂，较粗的血管似乎也受了损伤，若置之不理，她会因失血过多而死。应急治疗保不住爱雪拉的命，但让希露卡进行完整的治疗，又太过费时——在之后的战斗中，希露卡肩负指挥军队的使命，因此无法抽身为爱雪拉治疗。

（对不起，对不起，爱雪拉……）

希露卡强行把将要溢出的眼泪忍了回去。这里是战场，有人牺牲是理所当然的，即使阵亡的是至亲，也绝不能慌了手脚。

希露卡压抑内心的情感，让身边的士兵将爱雪拉移去城堡。

不过，就在此时……

“由我来治疗这个人。”

圣印教会的祭司普莉希拉如此说道，然后凑了过来。她的右手浮现出白色的圣印图案。

“你治得好吗？”

希露卡询问。

在圣印的天惠之中，确实有治疗伤势和疾病的能力，但只有抱着慈爱之心的人才能施展出来，所以君主大多不具备这类能力。因为普莉希拉是圣印教会的祭司，所以应该是将圣印的力量朝治疗能力的方向发展了。

“我试试看。”

普莉希拉点点头，然后把手盖在爱雪拉的伤口上。

“拜托你了……”

与魔法师所使用的生命魔法不同，圣印会让“回复”的意志具体化，若将这股力量分出去，就能让接受力量的人肉体完全复原。据说若穷尽此道，甚至能将死者的魂魄从冥界中带回来，让其复生。这确实是只能用“奇迹”来形容的力量。

“神啊，请赐我力量……”

普莉希拉说着祈祷的话语，闭上眼睛。

她的手开始发出纯白光芒。

希露卡甚至闪过一丝希望在此时一同祈祷的念头，但她忍住了这股冲动，将注意力转回到战场上。多亏爱雪拉冲进敌阵发起攻击，贝多利德骑士团大为混乱，暂时向后撤退了。不过，重整队形后，他们准备再次进攻。

“对方用重弩，那我们也用重弩还击。”

希露卡在正门两侧的高塔上分别布置了一台小型固定式重弩。她在魔法大学的“红色教养系”中学会了制作与使用这类武器的方法。

希露卡下令发射重弩。

如木桩般的弩箭猛然射了出去。一位骑士被击中，他的胸口直接受到冲击，被打到后方。另一发弩箭则没有击中敌人，只是重重地刺入地面。

贝多利德的骑士以重弩展开反击。虽然城门上的堡垒、高塔，以及左右延伸的城墙相当厚实，但骑士团的重弩有着能将堡垒轰成岩石堆的破坏力。

光之弩箭射向城墙与城门，伴随着轰响炸了开来。石块四

处飞散，沙尘漫天飞扬。两座高塔上的重弩撑不过三轮箭雨，被彻底摧毁。之后敌军的重弩转向木制城门，不一会儿城门就彻底被击溃了。

此时，一群手持长枪的步兵穿过骑士，加快脚步向前奔跑。

他们打算发起突击。

希露卡对弓兵下令，让他们在城墙或城门塔的缝隙中射击。虽然中箭的敌兵一一倒下，但无法阻止突击。只见城门失守，步兵踏入城内。

“就是现在！”

约二十个敌兵闯过城门后，希露卡发出指示。除了木制门扉外，城门其实还有一道铁制栅栏。在希露卡的一声令下，铁栅栏被重重地放了下来。

铁栅栏将敌兵分为前后两段，冲入城内的被断了后路。

此时，一直躲在高塔后方待命的士兵杀上前来，率领他们的正是提欧本人。

被左右包抄的敌兵逐一倒下，伤亡人数过半。这时，活着的敌兵终于扔下武器投降。

“请把他们抓起来作为俘虏。”

希露卡站在堡垒上对提欧喊道。俘虏的多寡可以说与交涉能否顺利息息相关。

被铁栅栏阻挡在外的敌兵遭从箭塔落下的石头和热水痛击，两军再次在城门前展开攻防。虽然从敌军后方射出的弩箭极具威胁，但希露卡施展土墙魔法，勉强将损害压至最低。最后，重弩骑士们似乎用尽圣印的力量，暂时向后撤退了。

“虽然好不容易撑过去了……”

爱雪拉驻守的堡垒陷落了，城门被破坏，城墙与箭塔的状况也不乐观。虽然击毙了不少敌方骑士，但希露卡一方伤亡更惨重。

“爱雪拉！”

希露卡这时想起爱雪拉也在伤亡名单上，连忙转身寻找应该在堡垒角落接受治疗的爱雪拉。

堡垒的一角安置了许多沉沉睡去的伤兵，普莉希拉正在照顾他们。爱雪拉也在伤兵之中，她的胸口缠着布条。

“情况怎么样？”

希露卡刻意不提及爱雪拉的名字，向普莉希拉询问道。

“她已经没事了，虽然尚未恢复意识，但情况很稳定。”

普莉希拉听出了希露卡话中的含意，便如此回应。她看起来相当疲劳，恐怕为治疗伤患用尽了圣印的力量。

“谢谢你……”

虽然心里几乎喜极而泣，但她还是装作冷漠，仅轻轻行了一礼。

“埋葬死者，伤患则搬到城堡内……”

希露卡对体力仍充沛的士兵下了命令。把守卫正门的任务交给葛拉柯队长后，她和提欧一同回到山顶的城堡听取战况。

三道城门的交战状况传到了城堡之中……

赛维思王领军攻打西门，而拉席克顺利地挡了回去，但东门则陷入了苦战。

提欧立刻动身前往救援，希露卡也跟在一起。

然而在途中的堡垒处，他们接到了噩耗——东门失守，以聂曼为首的守军全数战死……

5

战事第一天迎来了夜晚。

在贝多利德的阵地，玛丽娜·克莱榭与幕僚们展开作战会议。参与会议的有贝多利德的主力骑士、赛维思王及数位佣兵队长。

“突破东门，并对正门造成极大损伤吗……”

听到前线的报告，玛丽娜露出复杂的神色。

“以战果来说，这算是相当不错了。”

“但我方的牺牲实在太大。光是今天一天就有十四位骑士阵亡，士兵们也多有死伤。”

骑士团长埃里西·康纳沉着脸说道。

“什么……”

贝多利德的骑士们听到团长的话后，议论纷纷。

“对方豁出性命在战斗，而且其中也有身手不凡的战士。”

“你是说那个看起来很像瓦尔基里的黑发女子吗？”

“她在堡垒崩塌的时候隐藏起来，孤身一人杀进我们的队伍中，我完全没料到会有这一招。”

“五人被斩下马，四人伤重不治。但她被重弩直击胸口，应该是活不了了吧……”

进攻正门的骑士们开始兴奋地七嘴八舌。

（我记得那个女战士是奥贝斯特的养女……）

玛丽娜瞥了魔法师领班一眼。

但奥贝斯特的脸上并未浮现任何表情。

“这样看来，只要花上三天就能打下这座城。”

他淡然地说道。

“若继续像今天这样发起强攻，确实是办得到……”

埃里西瞪着魔法师领班。

“但对方的城池相当坚固，准备也很周全，士兵们更是有赴死的决心。若强行进攻，只怕会造成更多牺牲。”

贝多利德的重装骑士居然在一天之内死了超过十个，这样的情况可以说十分异常。

“骑士随从受过充分的训练，只要授予他们圣印，随时可以补充兵力。”

奥贝斯特的言论让骑士们变了脸色。

“你是想把我们骑士当作死不足惜的棋子吗？”

“我只是陈述事实。”

奥贝斯特不为所动。

“那你就给我站到前线吧。反正你就是死了，魔法师协会也会派人来顶替你。”

埃里西冷冷地反讽道。

“若有命令下来，我会遵循吩咐。”

奥贝斯特说着看向玛丽娜。

“我不打算鲁莽地将魔法师派到前线……”

玛丽娜环视骑士们，然后把目光投向奥贝斯特。

“但奥贝斯特，你的用词应当再谨慎一些。虽说战争常伴随着死亡，但我并不打算让士兵白白牺牲。”

听完玛丽娜的回答，奥贝斯特无言地低下头。

玛丽娜不认为这番话会动摇奥贝斯特的言行准则。奥贝斯特冷静的意见对玛丽娜来说相当重要，但人多半会依循感情行事，他这种舍弃感情只依循理性的思考方法，让贝多利德骑士

很反感。

“那么，我们就打持久战吧。之所以采取强攻，是因为我们在防范奥图克伯爵，但从今天交战的情况来看，敌方并没有打持久战的意思。我们发起强攻，而对方则带着拼死抵抗的激昂情绪。”

一位骑士的发言引来全场同意。

若有援军，敌方应该会选择忍耐、坚守的战略。

“明明是敌人，却忍不住想称赞他们。不如饶他们一命，并要求他们成为从属吧？”

“这和当初说好的不一样啊。赛维思所有的君主将从属于我，而我再向玛丽娜大人……”

赛维思王纳维尔·杰尔杰慌张地高声说道。

“赛维思的独立君主原本可都是直接从属于克莱榭家，你却说要让他们从属于你？这听起来还真是匪夷所思。”

埃里西侧眼瞪向赛维思王。

“他们在帮助隶属联邦的君主，这很明显是敌对行为。”

赛维思王因骑士团长的一句话而沉默不语，代替他反驳的是奥贝斯特。

“他们只是在维护独立的权利而已。而且，我听说那位流浪君主提出过要加入同盟。”

“他确实是提议过，但最后没有加入。这样一位君主正在同盟的领土内扩大自己的势力圈，若睁一只眼闭一只眼，同盟的威信想必会大幅受损。”

“所以，我们难道不该挺身而出，保护同盟的威信吗？同盟不会拒绝归顺的请求，所以才能发展壮大。在与联邦的战斗中表现出宽容的态度，你觉得是不应该的吗？”

“盟主有义务守护隶属同盟的君主。这次之所以出兵，正是因为同盟回应了同盟成员赛维思王的要求。”

奥伯斯特说话时不仅是表情，甚至连语气都没有动摇过。但与其说骑士们听懂了，不如说对奥贝斯特的恨意又上升了。

玛丽娜轻轻地拨了一下自己的长发，就像要让众人的目光集中在她身上一样。

“父亲马帝亚斯去世后，我虽然继任了盟主的位置，但仍未有君主表现出从属之意。不过，赛维思王若因这场战争从属于贝多利德，其他的君主想必也会跟进。而面对拒绝从属的君主，我们仅需以武力进行讨伐。这就是这场战争的目的，你们应该也明白这一点吧？”

听到玛丽娜的话，骑士们不禁面面相觑。

“所言甚是……”

埃里西点头。

“我等并非感到畏惧，若您下令，我等必定在明天之内攻下那座城——若您不在意会有多少牺牲的话。”

埃里西说着朝奥贝斯特瞥了一眼。

“提出进行短期决战的是我。”

奥贝斯特面无表情地说道。

“让骑士团的半数战力在后方待命，至于该如何攻下城池，就交由前线的各位判断吧。除此之外，我也会降低劝降的条件。”

玛丽娜像是为会议做出总结般宣布道。

“这，这似乎有些……”

赛维思王慌慌张张地打算开口插话。

“凭你一己之力是打不赢敌方君主的，别以为我们会完全接受你的要求。”

埃里西动了气，用冰冷的话语打断赛维思王的话。

“我乃赛维思之王，阶级是子爵，你这番言论是不是太过失礼了？”

赛维思王脸色一变。

“你已经没有足以自称子爵的爵位了。而且，如果想让我们依你的意见行事，那就先立下足以夸耀的战功再说吧。我可是听说负责西门的你陷入苦战了啊。”

“那，那是因为敌军的抵抗比想象中要激烈……”

赛维思王说话有些含糊。

“你的意思是，正门和东门的敌军，他们的抵抗就不激烈了？”

“并不是……”

赛维思王涨红了脸，将到了嘴边的话吞了回去。

“饶过君主提欧的性命，只取走他的爵位与领地。从属于他的君主则以归顺赛维思王为条件，保证他们的爵位不受影响。至于赛维思的独立君主，则让他们像过去那样直接从属于玛丽娜大人……”

奥贝斯特有条不紊地逐一陈述条件。

“我……我无法接受！”

赛维思王高声反对。

“那你就试着把那座城打下来吧。”

一位骑士冷冷地说道。

这句话让赛维思王沉默了。

“在明天开战前，用上述的条件试着去交涉吧。”

玛丽娜向魔法师领班点了点头。

不过，希露卡想必不会答应。她认为提欧必须保有一定爵位，而从属君主的待遇也不合她意。赛维思王纳维尔虽是个勇猛的君主，但缺点是情绪激动时无法冷静地观察局势。败在提欧之手，还被夺走大量爵位与领地，他想必会被怒火冲昏头脑。

（虽说是为了不开先例，但袒护自己不喜欢的君主，还得讨伐想纳为己用的君主，果然不是滋味啊。）

玛丽娜在心中喃喃自语。

不过，这是身为盟主应负的责任。

（也许我太重情义了……）

所以她才需要奥贝斯特的忠告。

“防范敌军夜袭，并让骑士和士兵好好休息。祝各位征战顺利。”

“奉克莱榭的铁锤之名！”

贝多利德的骑士同时敬礼。

克莱榭家的纹章设计成锤子的模样，骑士必须对纹章宣示忠诚。因此，即使家主换人了，骑士们的忠诚也不会改变。

玛丽娜仍未获得骑士们发自内心的信赖，隶属于同盟的君主对她也没有十分忠诚。

（我必须继承祖父与父亲的遗志，统一大陆，成为大陆的第一位王。）

6

开战第二天，双方首先进行谈判，但谈判很快就破裂了。

希露卡的养父奥贝斯特提出了条件，虽然愿意让独立君主直属于克莱榭家，但拉席克这些从属于提欧的君主却得加入赛维思王麾下。从属君主们表示强烈反对，认为纳维尔不会善待自己。不仅如此，虽然提欧能免于一死，但却要奉上所有爵位和领地，对战局未定的当下来说，这是稍嫌强人所难的条件。

希露卡提出“提欧必须保有与赛维思王开战前的爵位与领地”和“提欧与拉席克等人的关系必须如旧”两个条件。

奥贝斯特承诺会把话带回去，便返回贝多利德的阵地。

但对贝多利德一方来说，这也是个不好答应的条件。

（或许只要赛维思王还活着，交涉就不会顺利……）

希露卡是这么想的。不过，若讨伐赛维思王，身为援军的贝多利德军就等同于败北。这样一来，为维护自身名誉，贝多利德很可能会选择继续打下去，提出交涉的时机也将难以寻觅。

第二天的战况与前一天大为不同，变得胶着起来。贝多利德骑士团只在射程极限处发射重弩，并没有接近城墙的打算。

骑士团改为摧毁防御设施，以及消耗对方兵力。

（他们认为我们很难缠吗？）

不过，骑士团只是改为进行持久战而已，提欧他们仍未看见任何胜机。这样一来，不要说取得战果，就连迫使对方让步都很艰难。

然而，就在当天中午……

“西门，苦战。”

这一消息从坐镇城堡的培托尔那里传到了处在正门的希露卡耳中。

据说西门被攻破，拉席克正沿着山脊往后退。

由于敌方并没有改变布阵，所以进攻西门的肯定是赛维尔王纳维尔·杰尔杰。

（我不认为拉席克大人这么简单就被打败。）

希露卡思考着。

（我想应该是莫雷诺学长献了计。）

若真如此，那这可是击杀赛维思王的大好机会。这时，希露卡在心中下定决心，但决定是否展开行动的并不是她自己。

希露卡看向身旁的提欧。提欧察觉到她的视线，回看了过去。希露卡在他耳边说出自己心中的决定。

"很好啊，你去吧。"

提欧笑着点头同意。

"谢谢您。"

希露卡对提欧行了一礼。

"艾维因！葛拉柯队长！"

接着，她呼唤两位邪纹使的名字。

"有何指示？"

"哼喔！"

艾维因悄然现身，葛拉柯则踏着发出巨响的脚步走了过来。队长对爱雪拉受了重伤一事感到极为愤怒，看起来似乎随时都会冲入敌阵，与敌军同归于尽——葛拉柯的佣兵队不知何时开始成了爱雪拉的亲卫队。

希露卡走到两人身边传授计策。

"我明白了。"

"哼！"

艾维因优雅地行了一礼，葛拉柯则用力喷着鼻息点头。

随后，艾维因像往常一样消失不见，葛拉柯则带着佣兵队登上山坡。

（这会让战局大为改变……）

希露卡如此心想。

事情发展果真如她所料。

傍晚时分，拉席克·达彼多斩杀了赛维思王纳维尔·杰尔杰。

“拉席克大人！莫雷诺学长！你们太厉害了！”

当天晚上，希露卡欣喜地迎接回到城堡的拉席克和莫雷诺。希露卡拥抱了两人，心中的喜悦甚至让她产生亲吻两人脸颊的冲动。

“因为和昨天明显不同，对方的攻势异常猛烈。”

莫雷诺脸上有些阴郁。

贝多利德派出的援军——重装骑士团来到了西门。当西门被骑士团摧毁的时候，莫雷诺提出建议，让拉席克假装逃跑。他认为将敌人引入狭窄的山脊，并在下一座堡垒迎击比较有利。

西侧的山脊比其他地方都要陡峭，连马都无法通过。

利用第二座堡垒抵御敌方的攻势后，拉席克和莫雷诺亲上前线迎击。他们不断换手，利用一对一的优势击毙敌人。若敌方因恐惧而逃跑，就追至开阔的地方展开混战。

莫雷诺的计策效果显著，赛维思王的部队兵败如山倒。这就是擅长以密集队形进行战斗的部队，和擅长混战的部队之间的差异。

赛维思王决定后撤，暂时退至城门外。虽然西门被摧毁，但葛拉柯的佣兵队和艾维因就在那儿等着他们。葛拉柯等人越过岩山的断崖，跳下山谷，就这样抵达了西门——这是久经锻炼之人才做得到的绝技。而原本前来支援的贝多利德重弩骑士，在击破西门后就全数返回本阵了。

葛拉柯化为钢之壁，完全堵住了打算撤退的敌军。进退两难的赛维思军只能在狭窄的山脊上乖乖受死。

赛维思王在先前的战争中失去大量从属君主，这让他无法指挥手下的所有士兵。

赛维思军陷入混乱，许多士兵摔下山道，也有不听指挥的士兵独自逃跑。

这时，拉席克向赛维思王叫阵，要求进行一对一的决斗。在决斗中，拉席克成功斩杀赛维思王。这是一场完美的胜利。不过，莫雷诺知道到自己的计策仍不完美，而希露卡居然一下子就用计弥补了漏洞，这让他相当不是滋味。

“干得太好了。”

提欧笑着拥抱拉席克。

“能击杀赛维思王，都要归功于葛拉柯队长封住了他们的退路。提欧大人，这是我从纳维尔手中夺来的圣印，我想献给您。”

拉席克如此提议。

“不，我希望你继续持有这个圣印。”

“为什么？”

拉席克大感震惊。

“击败赛维思王，对我们来说已是取得了胜利。贝多利德军接下来将全力进攻，因此我们要考虑的是怎么样才能输得漂亮。”

希露卡代替提欧解释道。

“唔……”

拉席克点头。

“确实，这场战争是应赛维思王要求开打的，贝多利德仅仅是援军而已。但若就此收手，世间会认为落败的是贝多利德。”

“那么，要怎么做才能让败北的一方变为我们呢？就只能杀了提欧大人，或让他受到与死无异的惩罚。”

希露卡平静地进行说明。

“也就是说，让提欧大人保有最低的爵位并离开这片地区，让赛维思所有的君主直接从属于贝多利德。拉席克大人，请您暂且独立，承接赛维思盟主的位置。有朝一日，当提欧大人东山再起，还请您前来协助。”

“有朝一日，指的是进攻故乡西诗提那的时候吗？”

“是的。”

希露卡露出笑容点头。

“虽然还不知道会是什么时候，但我已经不再焦急了。或许会绕些远路，但提欧大人一定能实现他的梦想。而只要一息尚存，我就会待在提欧大人身边。”

“这……”

拉席克有些困惑。

“这对我来说是个不坏的选择。但这么一来，我的君主之道就会被迫中止。”

“击倒赛维思王的是拉席克大人，而提欧大人仅是败给贝多利德，离开这片土地而已。”

希露卡露出微笑。

“我会请前来支援的独立君主在明天赶紧撤离。他们只是不希望从属在赛维思王之下而已，此时他们再无战斗的理由。我也会让民兵们离开，并舍弃所有的城门与堡垒。我们只在作为据点的这座城堡里迎击敌人。接下来应该要面对一整天猛攻，而我们要想办法熬过去。这都是为了让世人知道，提欧大人只是因为在军事层面上落败，才不得不接受那些条件。不过，如果城堡被对方攻破，那我们就彻底输了，所以一定要撑过去。”

“舍弃一切后，提欧大人还会剩下什么？”

“名声！”

希露卡有力地说道：

“突然出现的年轻流浪君主成了骑士、男爵，后来又成了子爵，他成功打响名号，受到领民的敬仰。与享有盛名的贝多利德重装骑士团展开激烈交锋后，以落败者的身份离开土地。只要能留下这样的名声，何时东山再起都不会有问题。”

“剩下的不仅是这些……”

提欧笑着说。

“还有什么呢？”

希露卡想了一下，却得不出结果，于是向提欧问道。

“还有你在啊，你可是能帮我实现梦想的魔女呢。”

这句话让希露卡的脸一路红到耳际。

“我……我已与提欧大人缔结契约，这是当然的！”

虽然勉强冷静下来，但说话的声音还是高了好几度，她没想到提欧这句话会让自己如此开心。若出自莫雷诺之口，希露卡很可能只会认为那是单纯的调侃，但提欧的话却说到了她心里面去。

“我也会常伴提欧大人左右。”

不知什么时候出现的普莉希拉，带着充满决心的神情走了过来。

虽然希露卡很想和她说“别跟过来”，但她有着救爱雪拉一命的恩情。

（只能把她当成优秀的治疗师了。）

希露卡试着说服自己，但心中的不悦不知为何挥之不去。

7

隔日……

这天，提欧没有宣示停战的条件，只是让前来协助的独立君主和民兵撤至城外。向贝多利德投降后，他们便返回各自的领地。据说这些君主联合起来为提欧请命，甚至有人愿意为他交出自己的圣印。

赛维思王战死，双方已经没有开战的理由了，但贝多利德仍决定为名誉而战。他们全军出击，一举从三道城门发起进攻。提欧的军队这时已锐减至千余人，为了让兵力集结在城堡之中，他们决定在各处的堡垒只是形式上进行抵抗，一旦敌人逼近就立刻撤退。

重装骑士下了马，在士兵的协助下登上山路。将城堡团团包围住后，他们用重弩实施轰炸。

一千位士兵足以让提欧他们固守城堡。设置在防御塔上的投石机发出轰鸣，重弩从缝隙中射出箭矢。接近城墙的敌兵不是被弓箭狙击，就是被燃油、热油浇淋。

激烈的攻防战打了整整一天，双方伤亡都相当惨重。夜幕降临，战斗暂时停歇。

然而，对希露卡来说，接下来才是真正的“战斗”——她必须赢得谈判才行。

希露卡顶着魔法师协会的纹章拜访贝多利德的阵地，她与自己的养父会面并提出最后的条件。

对方同意独立君主的处置办法，但拒绝了余下两个条件。其一，是让拉席克当上赛维思王一事。贝多利德要求拉席克将赛维思王纳维尔的圣印交还给他的继承人，而提欧的从属骑士也必须归从此人。其二，是保住提欧的性命。

“为什么？”

希露卡从谈判对象——养父的口中听到这件事后大吃一惊，她没想到对方居然会要求夺去提欧的生命。

在希露卡的主张中，提欧留下的爵位不是男爵，而是骑士，这代表他已放弃圣印与领地。不仅如此，拉席克等人还将与过去一样，直接从属于克莱榭家。希露卡预想过拉席克或许要交还纳维尔的圣印，而拉席克本人也已事先同意了交还圣印——只要能继承提欧留下的领地他就很满意了。掌控准子爵规模的领地，同时又是英雄提欧的继承人，拉席克要成为赛维思一带的盟主不是难事。拉席克的武艺不辱赛维思王之名，而且与纳维尔不同，他不会因为一时的情绪而失去理智。若以后要与联邦交战，拉席克绝对是必要的人才。

“究竟有哪里让您不满意了？”

希露卡不明白，于是向养父问道。

“赛维思王死后，骑士们的态度强硬起来。他们原本愿意对你们的君主释出善意，但现在却得背负失去赛维思王的责任，这似乎让他们很没面子。真是的，人心实在难测……”

明明都坐上谈判桌了，奥贝斯特却还是叹了口气。

“您的意思是，若赛维思王没死，那还可以将责任推到他头上，但因为他死了，所以他战败的责任就落到贝多利德骑士团的头上了？”

希露卡原本对贝多利德骑士团抱有敬意，如今看来，他们不过是一群军人罢了。他们是为战斗而生的集团，战场就是他们的一切。就这一点来看，骑士团和佣兵没什么不同，差别只在于他们向克莱榭家奉上了绝对的忠诚。

“你这一战打得很漂亮，但还是过火了。今天的战斗让我军失去超过二十位的骑士。对于徒步时需要士兵搀扶的他们来说，今天的战果绝对是一种屈辱。连赛维思王都死了，若要挽回他们的面子，就只能用提欧的命来交换。”

“明天的战斗想必会与今日相同，若继续打下去，双方只会徒增伤亡而已吧？”

“没错，但骑士们渴望继续战斗，连玛丽娜大人也阻止不了他们。他们不是依靠理论在行事，而是被心念煽动了。”

奥贝斯特淡然说道。

“此举能维护的，就只有一时的名声而已。若将我们彻底歼灭，赛维思的独立君主——甚至领民都会开始背离同盟。贝多利德骑士团将面临比现在更可怕的噩梦，因为届时他们必须承担的是‘名誉’的反义词，也就是‘恶名’。”

“我也这么说过了，但事情已成定局。谈判已经破裂，明天只能继续战斗。”

“这样啊……”

养父的这番话让希露卡下定了赴死的决心。若能与提欧共赴黄泉，似乎也是不坏的结局。

“我原本以为，争夺皇印的战争将会由同盟胜出，但如今看来，我的考虑似乎太肤浅了。”

“你总有一天会明白的。”

奥贝斯特点头说道。

谈判结束了。

希露卡犹豫了一下，随即举步上前，从养父身后抱了上去。

“养父大人，感谢您至今为止的栽培。或许我们再无相会之日，还请您多多保重。”

“希露卡……”

奥贝斯特似乎没料到希露卡会真情告白，肩膀和声音都颤抖起来。但他并没有回头，就这么离开了谈判场地。

“爱雪拉还活着。虽然伤治好了，但目前仍不能动，请您救救她的生命。”

希露卡朝着他的背影说道。

“骑士们似乎对那位黑发的瓦尔基里有很深的印象，我会和他们说一声的……”

奥贝斯特停留了一下，他没有回头，只是如此说道。

之后，养父的身影就从希露卡面前消失了。

希露卡将贝多利德的答复带回城堡，城堡内的气氛为之骤变。他们全下了决心，要和提欧一同赴死。或许这是“爱国者”战旗带来的影响，但就算没有战旗，想必他们也会做出同样的决定。

“虽然仅有一天，但我也体验到成为赛维思王的感觉了。”

拉席克开怀地继续说道：

“我已经成功打响名号，身为君主，我感到很满足。”

“我也以能和拉席克大人共赴战场感到光荣啊，明天再来好好打一场吧。”

莫雷诺说话还是如此轻佻。

“这实在是不可饶恕的行为！提欧大人行事光明磊落且合乎情理，而这些人居然因私怨而打算夺走他的生命！这根本就是在冒渎神所授予的圣印！”

普莉希拉怒气冲冲。

“力有未逮，真是抱歉……”

希露卡向提欧道歉。

她自认是天才，但如今彻底明白那不过是单纯的狂妄。

“不，虽然时间不长，但与你相遇之后，我知道了许多东西、感受了许多东西，也考虑了许多东西，我的日子变得无比充实。虽然无法实现梦想有些可惜，但在走向梦想的途中，我确实获得了许多满足感。”

提欧说着，伸手想与希露卡相握。

虽然有些犹豫，但希露卡还是握住了他的手。

“人活着，就是为了帮助他人！若忘了这件事，生命就失去意义！明天的战斗，就在于让那些忘记生命意义的人醒悟过来！想要夺走他人的生命，自己也得抱有必死的决心。我们要在战斗中让他们明白——和掠夺他人相比，救赎他人才是更重要的！”

提欧高声宣言，在场的所有人则齐声高呼提欧之名。

高声的呼喊在这天晚上响了一次又一次。

隔日，战斗一早就揭开了序幕。

贝多利德的重装骑士以可说是被士兵们扛着的状态抵达山顶，然后展开战斗。他们没有组织队形，也毫无机动力，虽然有着傲人的防御力，但在防守方看来就只是个笨重的活靶子。

城堡内的士兵毫不留情地对重装骑士发起猛攻。此外，昨晚趁着夜色离开城堡、埋伏在山中的士兵也发动了奇袭。

在重弩的攻击下，好几处城墙被打开缺口，死伤者不断增加。贝多利德的步兵虽然打算闯过缺口杀入城堡，但都被拉席克率领的部队挡了下来。

这场战争完全演变成消耗战了。

随着时间流逝，贝多利德的骑士也察觉到这场战争毫无意义，但他们牺牲太大，已经无法回头。

城堡在未被攻陷的情况下迎来日落，贝多利德的骑士疲惫地下了山。

这天晚上，由玛丽娜主持的作战会议气氛十分凝重。他们已战死超过一百位骑士，若继续打下去，想必还会有更多伤亡。

“敌方已经承认自己败北，君主提欧也决定只留下骑士爵位，再次成为流浪君主。从上一代开始便侍奉克莱榭家的骑士拉席克，将会取代不得民心的杰尔杰成为赛维思的盟主，并加入玛丽娜大人麾下。这应该不是我方无法认同的条件才对。”

奥贝斯特一如既往地顶着一张扑克脸，用毫无起伏的语调说着话。

“牺牲了那么多骑士，可说是我们无能的证明。即使伤亡再惨重，我们这下也得歼灭敌人……”

骑士团长埃里西苦着脸说道。

昨天还一同参加作战会议的骑士，其中有两人在今天的战斗中死去。

埃里西明白自己错失了撤退的时机，但当初是以埃里西为首的骑士团对赛维思王出言不逊，甚至用挑衅的口吻煽动他，才让赛维思王为争功而急躁，最后在敌方的计谋下战死，连圣印都被夺走。

虽说战死是赛维思王自作自受，但这场战争应他的要求而起，贝多利德也是为他而战的。若就此停战，贝多利德骑士团败北的消息将会散播出去。为了不让这样的结果成真，他们只能寻求与赛维思王之死同等，或价值更高的战果，而这就只能是君主提欧的性命了。

提欧在击杀赛维思王之后，表现出自己已经完成目标的态度。他让独立君主和民兵撤出城堡，彻底表明投降的意志。

提欧的态度太过高洁，甚至让骑士们对这个年轻的君主燃起忌妒心。

“就在明天进行决战吧。若是出动全军进行包围，那座半毁的城堡应该很快就会陷落。”

一位在与会骑士中显得相当年轻的骑士顺着话题提议道，其他骑士也用力点头同意。

“但这样便无法保护玛丽娜大人。奥图克伯爵用兵可谓神出鬼没，或许他的军队已悄悄来到战场附近，准备在我军疏于防范之际乘虚而入。”

奥贝斯特淡淡地反驳。

“奥图克伯爵肯定不会出兵的。他与污辱他的魔法师有私人恩怨，怎么可能冷静地做出这样的决定！”

主张全军包围城堡的骑士露骨地嘲笑道。

“伯爵被魔法师希露卡侮辱一事众所皆知，但他本人却对此事毫无反应。他若向魔法师协会投诉，协会就是不愿，也会组织调查委员会，并给予那位魔法师严厉的处罚。若他真心想要报复，这样做就已经足够了。”

奥贝斯特如此反驳，年轻的骑士面露苦涩神情。

“谁知道好色伯爵在想什么……”

“你不知道好色伯爵的想法？那你怎么会觉得他不会派兵攻过来？”

被奥贝斯特不带情感的眼眸直视，年轻骑士一时之间说不出话。

“……密，密探有回报过吧？奥图克伯爵的魔法师领班狠狠羞辱了一番那个叫希露卡的魔法师后，将她轰出了城堡。伯爵肯定是想这样羞辱她，才答应她的交涉请求。”

“这样啊……”

奥贝斯特缓缓地点了点头。

“有足以相信的理由，而且奥图克伯爵也做出了符合情绪的反应，所以你们都对他不会出兵一事深信不疑。你们难道不认为，现在这种状况是出兵的最好时机吗？”

奥贝斯特的话让骑士们为之语塞。

“那就让一百人留守阵地，其他人都去攻城吧……”

埃里西率先提议，制止了其他想反驳的骑士。

若有百人兵力，就算受到奥图克伯爵的突袭，也不至于无法招架。接着，他看向玛丽娜请求裁定。

“好吧……”

玛丽娜静静地点头。

“诸位按自己的想法战斗即可。”

“遵命……”

埃里西朝玛丽娜行了一礼。

“但我想问一件事。”

玛丽娜先是看着埃里西，接着环视在场的所有骑士。

“还请吩咐。”

埃里西代表骑士回应。

“明日，诸位是为何而战？”

“当然是为克莱榭家的纹章而战……”

骑士们纷纷说道。

“那就好……”

玛丽娜露出了微笑。

“诸位先前说过‘这是侮辱’——但既然是为克莱榭家的纹章而战，那纹章也不会背叛你们。”

玛丽娜说着转过脚步，走向帐篷深处的寝室。在她踏入寝室的时候，两位侍女从中出现，挡住了用布作隔间的出入口。说是侍女，但两人的真实身份其实是‘影子’，也就是担任玛丽娜贴身侍卫的邪纹使。

奥贝斯特向众骑士行了一礼，然后前往自己设在魔法师团处的帐篷。

剩下的骑士似乎期待有谁能驱赶这股挥之不去的凝重气氛，正面面相觑。但看到战友脸上的沉痛表情，反而更添一层抑郁。

“我们犯了错……”

过了一会儿，埃里西语带苦涩地说道：

“在明天结束之前，我们都得继续犯错下去，但切记此事不可再犯。”

听了团长的话，团员都点了点头。

（这个叫提欧的君主，居然能让我们贝多利德骑士团全力应战，这可是一大荣誉。我们这下可得给他一个极具名誉的死法了。）

8

隔日，战斗也是一早就开始了。

提欧和希露卡都认为这是自己的最后一天，所以昨晚他们将城内剩余的酒和粮食分发下去，开了一场小小的宴会。

所有人都几乎没睡觉，但这又有什么问题？毕竟今天就要迎来永眠。

敌军虽然昨晚暂时撤离，但今天派出步兵将城堡围了起来。

希露卡站在塔上看着重装骑士爬山坡，他们爬山的样子用“滑稽”两字来形容也不为过。骑士们被绳子在前方拉，被士兵在后方推，好不容易才爬了上去。他们的铠甲太沉重了，骑在强壮的战马上还不成问题，一旦下马，立刻会成为负担。

“早安……”

提欧用爽朗的声音向希露卡打招呼。

内心“扑通”地狂跳了一下，但希露卡还是假装平静转向提欧。提欧前天对她说的话，一直萦绕在她心底。

“情况如何？”

“如您所见。”

希露卡让开位置。

“看来他们今天是倾巢而出啊，留守阵地的士兵还真少。”

“他们似乎一直在防范奥图克伯爵派兵支援，但现在似乎是确信伯爵不会来了。”

“你前去交涉一事，在此前的战斗中产生了牵制的效果吗？”

“若真是如此，那我跑一趟也算是有价值，虽然被骂得狗血淋头……”

“好像也没见到伯爵本人呢。”

“是的，当时是魔法师领班玛格莉特和我进行交涉的，她说伯爵……”

说到这里，希露卡猛然一惊……她清楚地想起了玛格莉特替伯爵说的那番话。

“怎么了？”

提欧似乎察觉到希露卡的表情有变化，因而向她问道。

“玛格莉特学姐曾转述伯爵的话，伯爵是这么说的……”

希露卡呆呆地轻声说道：

“‘现在’还不是与你见面的时候。”

“现在？”

提欧似乎也觉得事有蹊跷。

“如果那时候不和你见面，之后就没机会了，他应该知道这一点吧？”

“确实如此……”

希露卡点头。

思考的片段连接在一起，化为明确的思路。

“如果……如果奥图克伯爵等待的就是这一刻……”

贝多利德骑士团不再保留兵力，几乎派出所有战力攻城。如今，玛丽娜身边仅有少数的护卫。

“奥图克伯爵与你有私怨，如今已无人不晓。你认为伯爵可能会反过来利用这个消息？”

“正是如此……”

希露卡点头表示肯定。提欧的直觉还是如此敏锐。

“奥图克伯爵不会出兵救援的消息很快就传开了，想必是贝多利德的密探散播出去的。我认为他们是想以此让赛维思的独立君主打消加入提欧大人的念头。”

“结果反而是来了一大堆人呢。”

多亏他们，提欧才能撑到现在，其中有几位君主已经丧命。

这些独立君主目前已经离开城堡，回到各自的领地。他们所期望的只是直接从属于玛丽娜——也就是回到大礼堂血案之前的状态。

不仅如此，还有些君主在这次的战争中扩张了领地。独立君主们打从心底感谢提欧的所作所为，而邻近地区的君主也都知道提欧确实背负起了盟主应尽的责任。

“奥图克伯爵会不会利用贝多利德密探所放出的风声，以便让对方放松警惕呢？”

“我倒是看不出他们有所松懈啊。”

提欧苦笑道。

“这是因为养父为人极为谨慎，他应该是认为奥图克伯爵不会因小小私怨而错失击溃贝多利德的好机会。不过，经过这两天的战斗，对方恐怕会认为伤亡率之所以这么高，是因为兵力分散的缘故。我猜，养父的意见遭到了排斥。”

希露卡的养父奥贝斯特仅会献策，不会强硬地要求君主执行，因为他认为这才是魔法师的本分。

“若奥图克伯爵打算派出援兵，那么现在正是最佳时机。”

“希望他会来啊。”

提欧笑着点头。

虽然他并不是不相信希露卡的分析，但看起来似乎没有抱太大希望。

不过，希露卡逐渐认定这将成为事实。

（玛格莉特学姐曾说过奥图克伯爵是个军事天才，若伯爵的才能真如她所言……）

希露卡站在塔上，看着像货物一样被运上山坡的贝多利德骑士，他们的样子就像大型陆龟。

骑士一路挺进，来到城堡所在的岩山山腰处。

（即便他们现在回头，赶回营地也得花不少时间。若玛丽娜·

克莱榭死于此地，同盟就会解体，而奥图克伯爵恐怕会成为最接近皇印的君主。）

若他真是个军事天才，应该能够看出这一点。很难想象这种人会因与小丫头的私怨而放弃绝佳机会。

就算赢下这场战争，希露卡也没有把握自己能被奥图克伯爵原谅。不过，她打算再与伯爵见一面，并为各种大小事向他道歉。

希露卡在这时已不再关注敌方的主力部队，她看向在山脚处布阵的玛丽娜部队。

那是一片小平原，左手边有条弯曲流过的河，以及被城墙围着的城镇，右手边则是低矮绵延的山脉。在玛丽娜部队的正前方，有一片规模不大的森林。

若伯爵派兵支援，那么他的军队必定会从森林中出现。

在希露卡的印象中，奥图克伯爵的战旗应该是“游击队”，这面战旗可以强化士兵利用地形打游击的能力。

希露卡目不转睛地看着森林。

然后……

过了一会儿，身穿轻甲的战士逐一从森林中出现，还有狼混在了里面。

“提欧大人！”

希露卡不禁抱着提欧。

“我们说不定得救了。但奥图克伯爵并不是我们的同伴，他只是为击倒贝多利德而利用我们。”

“的……的确是呢。”

希露卡回过神来，同时发现自己正抱着提欧。

她若无其事地抽开身子，背对提欧看向玛丽娜的阵地。

重装骑士组成圆阵保护玛丽娜。

奥图克伯爵的士兵宛如凶猛的野兽，一举扑向玛丽娜的阵地……

奥图克军的奇袭可说是取得了成功。

但守护玛丽娜的贝多利德军并没有立刻瓦解，这或许是因为希露卡的养父奥贝斯特预测到这场奇袭，事先就准备好了对策。不仅如此，骑士与士兵都拼上生命在保护玛莉娜。

终于，玛莉娜陷入危机的消息传到了准备向城堡发起进攻的骑士与士兵耳中，他们急忙返回阵地。以拉席克为首的几个人主张应趁势发起追击，但提欧和希露卡都不同意。这不仅是因为已经没有打追击战的力气，还因为若在此时发起追击，那么就会真正与贝多利德对立起来。

正如提欧所说，奥图克不见得是同伴。

贝多利德的主力部队赶回大本营后，奥图克军便迅速撤回森林之中。据说在这场战斗中，连玛丽娜都取了剑亲自上阵。不仅如此，她的对手还是奥图克伯爵维拉尔，如果维拉尔动了真格，或许玛丽娜真的会命丧战场。维拉尔之所以没动真格，是因为玛丽娜是他的堂妹，而且他的目的似乎不在于讨伐玛丽娜。听说他和玛丽娜说了一些事后，就潇洒地离开了战场。

保护玛丽娜的骑士超过半数在混战中阵亡。虽然并不是足以动摇局势的败北，但贝多利德骑士团损失极大，在精神上受到的打击更是沉重。

由于无法继续作战，贝多利德军在重整队伍后，便朝自己的国家撤退了。贝多利德并没有派出使者交涉，代表他们放弃了对赛维思地区的影响力。不过，这是因为他们选择优先让玛丽娜平安回国，若玛丽娜死亡，铁血伯爵尤尔根·克莱榭的直系血脉就会因此断绝。虽然继承他血脉的人不少，但讽刺的是，继承权最靠前的，竟然就是奥图克伯爵维拉尔。

希露卡升起魔法师协会的旗帜，准备谒见从森林中现身的奥图克伯爵。

提欧先前自称隶属联邦，表明归顺同盟的态度后却遭到拒绝，而联邦的重量级人物奥图克伯爵在提欧最危急的时候出手相救。这样一来，提欧等人只能选择加入联邦。

这次的战争让贝多利德的声望大为下降，邻近隶属同盟的国家也大为动摇。大工房同盟与幻想诗联邦不同，君主十分仰赖贝多利德的军事实力，以及盟主克莱榭家的统御力，而这份依赖心如今受到了打击。对争夺皇印的大战来说，同盟可是受到了相当沉重的打击。

另一方面，奥图克伯爵维拉尔的声望想必在此战过后有所上升，他若就这样顺势征服贝多利德，争夺皇印的战争或许会在短时间内落幕。

出面交涉的是魔法师领班玛格莉特。当希露卡表明自己想拜访伯爵后，得到了维拉尔打算亲自登山进城堡，以慰劳访问的形式与君主提欧见面的回应。

由于没有拒绝的理由，希露卡便答应了。

接着，他们连忙做起迎宾的准备。

收到布置完毕的消息后，维拉尔便带着仅仅几位随从来到城堡。提欧恭敬地迎客，并感谢奥图克的救助。

“我暗中观察了你们的战斗，真是打得相当出色，我由衷地表示敬意。”

“我们只是豁出性命在战斗而已。”

提欧老实地答道。

“这对君主来说是无上的荣耀，你应该感到自豪。”

维拉尔拍手赞扬提欧的表现。

“好了，我打算和你们聊一聊今后的安排……”

听维拉尔改变话题，希露卡感到一阵紧张。

伯爵在提欧他们即将被歼灭的时候出手相救，可谓是大恩人。就某方面来说，提欧他们等于是败给了奥图克，即使奥图克提出强人所难的要求，他们如今也只能接受。

“请先让我为过去种种无礼而道歉。”

希露卡站到伯爵身前，深深低下了头。

“什么？我不懂你有什么好道歉的。你已经漂亮地完成了‘我交代你的任务’。你让赛维思陷入内乱并脱离同盟，邻近的各国想必会大为动摇。”

“这是什么意思？”

希露卡有一股不好的预感。

“我的意思是，其实你有遵守约定与我缔结契约。如此一来，魔法师协会便失去你的把柄，而我则得到一位可以接替玛格莉特的优秀魔法师，这不是皆大欢喜吗？”

“这……”

希露卡深深地动摇了。

不过，她没有拒绝这个提案的资格，因为一切事情都出于她对维拉尔的误解。若违反协约，希露卡就会被魔法师协会叫回去，由调查委员会进行裁判，她想必会受到极为严厉的惩罚。

“那么，该如何处置赛维思呢？”

希露卡提问。

“你们不是解决赛维思王了吗？这么一来，赛维思地区的领主自然就是提欧阁下了。我不强求你从属于我，让我们以联邦盟友的身份一同奋战吧！”

接着，维拉尔要求和提欧握手。

“赛维思王提欧·柯涅洛子爵万岁！”

拉席克发出欢呼，从脸上的表情可以看出，他是真心感到高兴。

“万岁！”士兵们跟着高呼。

然而……

“我无法答应。”

提欧并没有握维拉尔的手。被欢喜庆气氛笼罩着的大厅瞬间冷了下来。

“你还有其他的要求是吗？”

维拉尔没有改变表情，如此询问。

“我的要求是这样的，就算爵位下降到只能与希露卡一人缔结契约也无妨，我会以骑士的身份从属于您。”

“他这是什么意思？”

“应该是不想让出希露卡的意思。不过，这样一来伯爵就不需要伤脑筋了，因为提欧大人要求从属于您。派遣契约魔法师去协助自己从属的君主，这样的事时有耳闻。”

玛格莉特从旁说明。

提欧认同她的说法，轻轻地点头。

“我知道这是相当无理的请求，但还请您见谅。”

这时，提欧在维拉尔面前跪下，恭敬地行了一礼。

“我对男人不感兴趣……”

伯爵皱起眉头。

希露卡的脑袋就像麻痹了一样，完全想不出要说的话。她从未想过提欧会为了她提出这种要求。

“我认为您接受比较好……”

玛格莉特劝谏道：

“他深受领民爱戴，也充分展现了作为盟主的资质，而且有着伯爵麾下的君主所没有的行事风格。他和希露卡·梅连提丝都是在将来的战争中不可或缺的人才。”

“既然你这么说了……”

维拉尔点头。

“不过，我这边也要追加一个条件。提欧阁下，你将不被允许拥有领地，只能住在我的城里。当然，和提欧阁下缔结契约的魔法师希露卡也一样。而希露卡待在城里的时候，就相当于我魔法师团的一员。”

“谨遵您的安排。”

提欧表达谢意后站了起来。维持与希露卡的契约，对他来说是最为重要的一件事。

“呃……提欧大人？”

希露卡跟不上如此快速的发展，脑袋仍是一片空白。

她完全不明白发生了什么事。

“你什么都不用说，这是我决定了的事。就像我们几天前所说的一样，我会回归骑士身份并离开这片土地，爵位则全部转让给拉席克·达彼多。”

这确实和当初设想的安排差不多，但那是为与贝多利德停战而提出的条件。

“为一个契约魔法师放弃子爵的爵位，这真的值得吗？”

拉席克在提欧耳边悄声问道。

“我不在乎。目前的我还不够成熟，所以想在伯爵身边多学些东西。当然，我不打算舍弃梦想，我总有一天会回到故乡。”

“我知道了。至于爵位……哎，就当是寄放在我这吧。我的忠诚仍旧只奉献给你一人，需要帮助就和我说一声吧，我会舍弃一切赶到你身边。”

“谢谢你。”

提欧和拉席克的手紧紧相握。

“居然将神所授予的圣印随意转让，真让人不敢相信！”

普莉希拉气呼呼地靠近提欧，教育了他一番圣印的重要性。

“但是，我向神发过誓会指引您前进，因此我会与您一同前往奥图克，今后也请多多指教。”

“如果你打算传教，最好先得到伯爵的许可，因为我已经是个没有任何领地的平凡骑士了。”

提欧露出苦笑。

看着人们的互动，希露卡终于缓缓回过神来。

她虽然为提欧的决定感到惊讶，但并没有不开心。对希露卡来说，提欧的梦想就是自己的梦想，而且……

（说不定……我已经……）

某一种想法在脑中逐渐成形，但希露卡随即慌张地将之驱散——那是魔法师不该有的念头。压抑心念，不带任何立场进行思考，为君主献出最好的策略是魔法师的职责，也是与君主相处的正确方式。

但希露卡还是如此心想……

（明明都当上子爵了啊……）

居然舍弃足以统治一个国家的爵位，提欧这个君主也当得太夸张了。这岂不是相当于回到初次相遇的那一天，一切从头来过吗？尽管如此，希露卡还是为此感到兴奋，这矛盾的心情她想必是想忘也忘不掉。